近藤史恵

モップの精は深夜に現れる

実業之日本社

JN150934

実業之日本社文庫

目次

モップの精は深夜に現れる

CLEAN.1

悪い芽

胃が痛い。

まるで、胃の内壁を、亀の子だわしで擦《こす》られているみたいだ。荒れている胃の粘膜まで、リアルに頭に浮かぶ。

栗山《くりやま》は、今朝からもう何度目かわからないためいきをついた。

昼食の時間は近いが、食欲はない。とはいえ、今日も残業だから、昼食をとらないと、この後よけいにつらいことになるだろう。

胃の痛みは、空腹時がピークになる。たぶん、胃酸がなにも入っていない胃を、これでもかと攻撃しつづけるのだろう。

――ああ、熱い焙《ほう》じ茶が飲みたいなあ……。

それとなく、オフィスを見まわしてみたが、手の空《す》いてそうな人間はだれもいない。

昔はよかった。入社した頃に戻りたい。

栗山はそう思って、空の湯呑《の》みを眺めた。

あの頃なら、そこらにいる女性社員に「○○くん、お茶」と言うだけで、熱いお茶にありつけた。「今日は焙じ茶にしてね」というわがままさえ言えたのだ。

そのころは、今のような課長ではなく、ただの平社員だったというのに。

もちろん、栗山だって、女性社員がお茶くみをするために、会社にいるわけではないということはわかっている。

だからといって、課長である栗山が自ら、給湯室に行き、みんなの分のお茶を淹《い》れてくるなんて、あまりにも嫌みだし、ひとり分だけ淹れるのも、なんだか自分のことしか考えていないように見えるではないか。

そんなふうに、ぐるぐると考えすぎた結果、栗山がお茶を飲めるのは、社員のだれかがお茶を飲みたい気分になって、しかもその社員が「課長の分も淹れてあげようかな」と思ったときだけになってしまった。

下手《へた》をすると、一日中飲めないことすらある。そんなときは、侘《わび》しく廊下にあるコーヒーの自動販売機で、好きでもなんでもないコーヒーを買ってくる。そうして、それを飲みながら、思うのだ。

日本茶が飲みたい、と。

今朝は、幸い、中島《なかじま》という女性社員が、朝、お茶を淹れてくれた。しかし、それは煎茶《せんちゃ》で、しかも火傷《やけど》しそうな熱い湯で淹れられていたため、栗山の胃は、いっそう痛むようになったのだ。

——最近の若い娘は、日本茶すらまともに淹れられないのか。

そう腹を立てかけたが、よく考えると、中島は他の、「お茶を課長に淹れてあげることなんて、考えもしない」多くの女性社員よりは、ずっとましなのである。そんな女性たちは、朝、コンビニか自動販売機でお茶か水か、けったいな名前の清涼飲料水のペットボトルを買い、それで終業まで過ごすのだ。

いつか、中島が大事な客に、熱々の煎茶を出してしまわないうちに、彼女に「煎茶は少し冷ました湯で淹れること」を教えなくてはならないと思うのだが、どう言えば嫌みではないか、彼女を傷つけはしないか、と悩むせいで、未《いま》だに伝えられていない。

入社した頃が無理なら、せめて十年前に戻りたい。

そう思って、栗山は嘆息した。

十年前なら、娘のひかりもまだ三歳だった。パパ、パパ、と、休みの日は、栗山についてまわったものだ。抱きしめると、ふにゃふにゃ柔らかくて、いい匂《にお》いがした。

もちろん、今だって、ひかりは可愛《かわい》い。子供のころ、つきたての餅《もち》みたいだった輪郭がほっそりして、少女らしく育っている。不良ではなく、毎朝バレー部の練習に元気に出かけていく。成績だって、最高ではないが、悪くはない方だ。母親の手伝いだってよくする（いや、もちろん、ひかりが不良でも、成績が悪くても、栗山にとって、ひかりが可愛いことにかわりはないと思う）。

そんな、いい子に育ったはずのひかりが、もう二週間も、栗山と口を利いてくれないのだ。

きっかけは、二週間前、栗山がふと漏らしたことばのせいだった。

ちょうど、家族で見ていたテレビで、とても仲のよい父娘というのが、映っていた。父親は著名な作家だが、なんと娘が高校生になっても、一緒に風呂に入っていたと語っていたのだ。

それを聞いて、栗山はふと、漏らしてしまったのだ。

「羨《うらや》ましいなあ」

それを聞いた瞬間、ひかりの顔色がすっと青ざめた。

「お父さん、不潔！　大ッ嫌い！」

そう叫んで、凄《すご》い勢いで、部屋に引っ込んでしまった。そうして、それからずっと口を利いてくれない。

妻の由子《ゆうこ》には、「思春期の娘の前で、デリカシーのないことを言った」と怒られてしまった。

たしかに、デリカシーはなかったかもしれない、とは思うが、かといって、そこまで責められなければならないことだろうか。別に一緒に風呂に入ろうと言ったわけではないのに。

大事な一人娘に、二週間も口を利いてもらえないのは堪《こた》える。なんとか、しきりに話しかけたり、努力はしているのだが、ひかりの機嫌はまだ直らない。由子に、なんとか諭《さと》してくれるように言っても、「思春期は、父親が嫌いになるものよ。時間が経《た》てば、また仲良くなるわよ」と、のんきなものである。

大学を卒業して、この会社で働きはじめて二十五年。そんな長い時間を、仕事と家庭に捧《ささ》げてきたのに、会社ではお茶も淹れてもらえず、家では娘に無視されている。ただでさえ、憂鬱《ゆううつ》なところに、また心配事が重なってくる。胃も痛くなるはずだ。

昼休みを知らせるベルが鳴り、社員たちは次々に席を立ちはじめる。だれも、栗山の方すら見ない。

自分など、存在しないみたいだ、と、栗山は思った。

結局、コンビニで、おにぎりとカップの味噌《みそ》汁を買った。

自分の席で食べるのは、どうも抵抗がある。中年男がひとりで、コンビニのおにぎりなんて、侘しいことこの上ない。

考えた末、普段はあまり使われていない会議室で食べることにした。

ふたつあるうちの小さい方の部屋を覗《のぞ》くと、だれもいない。目の前の給湯室でカップ味噌汁に湯を入れて、食事をはじめた。

寂しいもんだ、と自嘲《じちょう》して、すぐに考え直す。

世の中には、もっとつらい立場の人間がいくらでもいるはずだ。栗山は、今のところリストラの対象になっているわけではないし、会社も不景気だから絶好調とはいかないが、かといってお先真っ暗というわけでもない。ひかりがいくら、自分を無視しているとしても、病気やひどい事故にあった、というのと比べれば、些細《ささい》なことである。

客観的に見れば、自分は幸福だと言っていいのではないかと思う。

それでも。ぬるめの味噌汁を口に含みながら、栗山はためいきをついた。一所懸命働いて、そうしてやっと手に入れた幸せというのは、こんなに味気ないものなのだろうか。

ふいに、ドアが開いて、栗山は飛び上がりそうになった。

「あ、ごめんなさい。だれもいないと思って……」

そこに立っていたのは、若い女の子だった。彼女の全身を見て、栗山はまた仰天した。

こんなにオフィスという場所が不似合いな女の子もいないだろう。

膝《ひざ》上の黄色いタータンチェックのスカートに、ごつめの膝まであるブーツ、上半身は白いふわふわした生地のセーターで、しかもご丁寧に臍《へそ》まで覗いている。赤茶色に染めた髪を、頭のてっぺんできゅっとポニーテールにして、耳にはいくつもピアスをぶら下げている。

日曜日の渋谷なら、こんな女の子はいくらでもいる。だが、平日、昼休みのオフィスの中では、あまりにも異質な存在である。年齢も十代にしか見えない。

「あの、すみません。今日、一時までにここを掃除するように言われているんです。申し訳ありませんが、隣の会議室を使っていただけませんか？」

意外なほど丁寧な口調で、その女の子は言った。そう言われてやっと、栗山は気づいた。

彼女は掃除のアルバイトなのだ。見れば、ごつい業務用掃除機を引きずっている。アルバイトなら、十代の女の子でもおかしくはない。だが、この格好はいったいなんなのだろうか。

呆《あき》れながら、彼女の全身をもう一度見る。

そんなミニスカートで、まともに掃除ができるはずなどないし、あまりにも不《ふ》真面目《まじめ》すぎる。きっと、遊び半分でバイトをはじめたばかりに違いない。

だいたい、最近の若い者は、どうして髪をあんな色に染めるのだ。外人にでもなりたいのか。だったら、日本から今すぐ出ていって、もう二度と帰ってくるな。

そんな苛立《いらだ》ちまでこみあげてくる。

彼女は、小首を傾《かし》げて、栗山の返事を待っていた。自然に口が動いた。

「その格好はなんだ」

「え？」

「そんな格好で、ちゃんと掃除ができるのか」

彼女はきょとんとした顔で、それでも答えた。

「できますよ」

開き直られた、と思った。どうして、最近の若い者は、素直に年上の人間の言うことを聞かないのか。

「清掃会社から、まともな制服を支給されていないのか」

彼女の眉《まゆ》が不快そうに寄せられた。唇を尖《とが》らせるようにして、反論してくる。

「私服という契約なんですけど」

「それなら、それで、もう少し仕事をするのにふさわしい格好があるだろう。そんな不真面目な格好で、まともに仕事ができると思うのか」

「できているつもりですけど。もし、わたしの仕事に駄目な部分があるのなら、きちんとそう指摘してください」

栗山はぐっとことばに詰まった。今まで、清掃の人間がどんな仕事をしているのかなんて、意識したこともない。

だが、どう考えても、そんな格好で仕事をするのはおかしい。

「たとえ、きみがその格好で仕事ができるといっても、そんな格好でうろうろされると、社内の風紀に関わる」

「風紀って、なんですか？　わたしの格好ひとつで、そんなに変わってしまうものなの？　ずいぶん、社員の皆様は意志が弱いんですね」

彼女は憤然と、食ってかかってくる。栗山は呆れ果てた。

どうして、たかが清掃作業員だというのに、こんなに強情に会社の人間にたてついてくるのだろう。

「もう、いい。きみのことは上にきちんと報告しておく」

食べかけのおにぎりや、味噌汁カップを持って、会議室を出ていこうとしたとき、彼女がぽつんと言うのが聞こえた。

「わからないわ」

不思議に思って、ふり返った。

「なにがわからないのか。きちんとした格好をしなくてはいけない理由か」

「それもそうだけど、おじさんが、どうしてわたしに、なにかを強制できると考えるかよ」

彼女がなにを言っているのか、すぐにはわからなかった。

彼女はつかつかと、こちらに向かって歩いてきた。

「ねえ、どうして？　わたしがもし、おじさんの部下なら、おじさんはわたしに対する教育義務があるんでしょうけど、わたしはおじさんの部下じゃない」

丸い大きな目で、下から見上げられ、栗山はふいに狼狽《ろうばい》した。

「わたしは、清掃会社から仕事を受けただけ。依頼された部分を掃除して、そうしてそれに見合う報酬をもらうというね。言うなれば、ギブアンドテイクの取引だわ。それなのに、どうして、わたしに対して、そんなに威張るの？　わたしが女だから？　年下だから？」

反論を頭の中で組み立てようとしたが、うまくいかない。彼女の唇が動く。

「それとも、清掃作業員だから？」

そう言い切ると、彼女はぷいと栗山に背を向けた。そのまま、掃除機のプラグをコンセントに差し入れ、掃除をはじめた。

生意気な、と、思った。栗山も背を向けて、会議室を出た。

どうして、今日はこんなにも不快な一日なのだろう。

腸《はらわた》が煮えくりかえっていた。隣の会議室で、残りのおにぎりを胃に流し込むと、自分の席に戻る。

あの娘は年上の人間を敬うという教育を受けていないのか。まったく、最近の若い者ときたら。

そんなふうに呟《つぶや》いて、湯呑みを口に運び、空であることに気づいて、嘆息する。

まったく、ついていない。

庶務に問い合わせて、どうしてあんな常識のない娘を、清掃作業員に雇うのか、問いつめなければならない。

そう思って、電話に手をかけたが、なぜだか、庶務を呼び出すことはしなかった。受話器を置いて、あの娘のことを頭から追い出した。

「課長、契約書の確認をお願いします」

そう声をかけてきたのは、主任の綿貫《わたぬき》という女性だった。三十半ばで、比較的若い人間が多いこの社では、ベテランの部類に入る。

彼女が差し出したのは、外注の取引先との契約書だ。すでに、何度も契約を交わしている相手だから、特記事項がないかだけを、確認すればいい。

栗山が働いているのは、大手電器メーカーの子会社である。入社当時は、オフィスに納品するパソコンソフトばかりを制作していたのだが、三年前、事業拡大で手を出したパソコン用のゲームソフトが当たったため、不景気の割には好調な業務成績を誇っている。

ゲームは去年、コンシューマー機に移植された。大ヒット、とまではいかなかったが、そこそこ好評で、今年中には同じゲームの続編を出す予定になっている。

もっとも、栗山自身は、そのゲームの開発に直接関わっているわけではない。企画課の課長として、でき上がってきた企画に目を通して判を押し、上層部にその企画書をまわしただけだ。

会議でのプレゼンテーションも、実際に企画した若手社員が行ったし、かといって、開発を進める許可を出すのも、栗山ではなく、もっと上の人間たちである。

課長という肩書きだけは、偉く聞こえるが、実際は伝書鳩みたいなものだ、と栗山はいつも思う。

若手社員がアイデアを出し合って作り上げた企画を、そのまま上に届けるだけ。YESも、NOも、上層部が行うのだ。

それなのに、その企画に対する責任だけはいちばん重くのしかかる。なんとも、居心地《いごこち》が悪い役職である。

「新しい部長がいらっしゃるの、来週ですね」

綿貫のことばで、栗山は我に返った。

「ああ、そうだね」

契約書はいつもと変わらない。栗山は判を押した。

「課長はお会いしたことがあるんですか？」

「親会社で、何度か会ったことはあるけど、挨拶《あいさつ》をしたくらいだからね。あまりよく知らないのだよ」

今度、企画開発部にやってくる部長というのは、もともと親会社にいた人間だ。栗山よりも少し年齢が上で、やり手で有名だった。どうして、そんな人間が、子会社に出向することになったのか、理解できない。

有能だと噂《うわさ》されている人間が、上司としてやってくるというのは、なかなか複雑な気分だ。もちろん、無能だとわかっている人間が上司になるよりはずっといい。だが、今まで気づかれなかった仕事上の問題点などを、指摘されてしまう不安感は拭《ぬぐ》えない。

もちろん、不正などはなにも行っていないが、自分の仕事ぶりが、万全であると言い切れる自信もない。

来週からのことを考えると、ひたすら胃が痛くなるのだ。

契約書を綿貫に返しながら尋ねた。

「そういえば、明日から中途入社の新人も三人くるんだろう」

「ええ、そうです。人事異動の時期でもないのに、慌《あわ》ただしいですね」

まあ、どんどん人員を減らされるよりも、増やしてもらえる方がいいに決まっている。礼を言って、席に戻ろうとした綿貫を見て、ふいに栗山はあることを思い出した。

「綿貫くんは、この社の清掃作業員を見たことがあるかい？」

彼女は、突拍子もないことを尋ねられたような表情で、首を傾げた。

「清掃の人ですか？　そういえば見たことがないような……でも、どうして？」

栗山はあわてて、中途半端な笑みを浮かべた。

「いや、別に大したことじゃないんだ」

今まで、社内がきれいだとか、汚いだとか意識したことがない。

だが、昼休みにあの娘と出会ってから、栗山は意識的に、オフィスの隅々に視線をやった。

床には塵《ちり》ひとつ落ちていないし、書類棚にも埃《ほこり》は溜《た》まっていない。給湯室のシンクは曇りもなく、ぴかぴかである。

そういえば、数ヵ月前までは、こんなにきれいではなかったと思う。給湯室のゴミ捨てには、いくつものシミがこびりついていたし、トイレの鏡も、ぼんやりと曇っていた。汚いなあ、と、何度か思ったことを、今、思い出した。

それなのに、いつからきれいになったかを、まったく思い出せないのだ。不快な状態は、はっきり覚えているのに、快適な状態はあまり記憶に残らない。不思議なものだ、と、栗山は考えた。

とはいえ、あの娘がきれいにしているという証拠もない。彼女を見かけたのは、今日がはじめてだし、清掃作業員が彼女ひとりということもないだろう。きっと、ほかに有能な人間がいるのだろう。

そう考えても、先ほどからの居心地の悪さは消えない。栗山は彼女のことばを思い出した。

もし、彼女が清掃作業員ではなく、たとえば取引先の女性社員だったらどうだろう。

あの格好に驚くことはあっても、あんなにいきなり叱《しか》りつけたりはしなかったはずだ。それとなく、遠回しに注意をしたり、彼女の上司に注意を促すことはあっても。

やはり、自分の中に、清掃作業員に対する無意識の差別があったのかもしれない、と思う。普段は、自分の部下にさえ、あんな強い口調で文句を言うことはできないのに。

下を向いて、ためいきをついた。

自分の言ったことは間違っていないとは思う。仕事をするなら、やはりそれにふさわしい服装があるはずだ。だが、やはり、彼女へのことばは、言い過ぎだったかもしれない。

彼女の姿を見たことがないということは、彼女やほかの清掃作業員は、こちらの業務前か後に作業をしているわけで、だとすれば、風紀が乱れるということもない。

自己嫌悪に陥りながら、栗山は窓の外を眺めた。

こんなふうに、ぐだぐだ考える自分の性格が嫌になる。


新入社員は全部で三人だった。

一人が男性で、残りのふたりが女性、三人とも、二十代前半で若い。女性のうち、ひとりがプログラマー経験者なので、そちらの方にまわってもらうことになったが、残りの男性と女性は、企画課にくることになった。

研修期間が終われば、異動があるかもしれないが、一度に新人ふたりを抱え込むというのは、大変だ。新人は、戦力というよりも、よけいに仕事が増える要因なのだから。

せめても、半年で辞めることはないように、と栗山は心で祈った。

最近の若者は、根気が足りない。今年初めに入社した新卒の新人は、半年経って、ようやく戦力になったあたりで、辞めていった。しかも、どうやら、入社してすぐに、辞める気になったらしく、教育係だった綿貫にこう言ったらしい。

「本当は、最初から合っていないと思ったんです。でも、すぐに辞めると根気がないと思われるから、半年は我慢しようと思いました」

それを聞いた綿貫は、怒り狂っていた。

「半年間、自分の仕事を犠牲にして、一所懸命仕事を教えたわたしの努力はなんだったんですか!」

まったくだ、と、栗山も嘆息したのだ。初日でも三日目でも、とっとと辞めてくれた方がよっぽど傷が浅かった。

宮崎《みやざき》という男性社員は、髪を軽く茶色に染めた、わりと整った顔の青年だった。栗山と比べると、背がずっと高いのに、顔が半分くらいしかない。若いのに、一目で高級品とわかるスーツを着ている。無意識のうちに反感を抱きそうになるのを、理性で抑えた。

女性の方は、川嶋《かわしま》と名乗った。少し小太りだが、いかにも真面目そうで、こちらは、好感が持てる。

ふたりの教育係は、去年入社した若手にまかせることにした。若い者同士の方が、気軽にいろいろ相談できて、いいかもしれないと思ったのだ。

昼休みには、栗山は、ふたりの新入社員を昼食に誘った。

新人がふたり、となると、自分がおごることになるだろうが、やはり、新人の話は少しでも聞いておきたい。

会社のあるビルの向かいの定食屋に、栗山はふたりを案内した。

若手社員とは明るく喋《しゃべ》っていた宮崎だったが、課長である自分を前にすると、少し気後れするらしく、口数が少ない。反対に川嶋の方が、積極的に質問を投げかけてきた。

食事が終わったころ、栗山は尋ねようと思っていたことを、ふたりに尋ねた。

「どうして、うちの社を受けようと思ったんだい？」

ふたりは一瞬、顔を見合わせた。先に宮崎の方が口を開いた。

「『ホーク・マウンテン』がすごく好きなんですよ」

ホーク・マウンテンとは、栗山の会社が出したゲームの名前だ。古典的なロールプレイングゲームだが、個性的なキャラクターが受けているらしい。川嶋も続ける。

「わたしもそうです。求人を見て、絶対、ここに入りたいと思ったんです」

栗山は苦笑した。このゲームがヒットしてから、こういう新入社員が多い。

「一応、言っておくけど、うちがメインでやっているのは、オフィスに納入する会計ソフトやPOSシステムのソフトなどだよ。ゲームの開発や営業に関わっている人間は三割くらいだから、直接関われない可能性の方が多い」

「わかっています。それでも、ゲームの情報などは早く入ってくるんでしょう」

宮崎は身を乗り出すようにして、そう言う。

「いや、情報は、実際関わっている人間以外には、あまり知らされないよ。雑誌やインターネットなどに情報が出回るのと、ほぼ同時ぐらいだ」

昔と違って、今はインターネットがあるから、必要以上に情報を漏らすことはできない。気軽に、たったひとりの友達にだけ喋っても、その友達がネットで情報を漏らしてしまえば、それは何万人の人に知られてしまうことになる。

「そうですか……」

宮崎はあからさまにがっくりとした顔になる。かわいそうになって、栗山は付け加えた。

「まあ、普通なら入手しにくい、ノベルティグッズなどは、手に入れられることもあると思うよ」

「本当ですか？」

ふたりの顔がぱっと明るくなった。栗山は顔で笑いつつ、心で落胆した。

今回の新入社員たちにも期待はできないかもしれない。

ＩＴ企業にありがちなことだが、残業が多く、帰りが遅い。

今日も帰りは十時をまわってしまった。家に帰り着くのは十一時過ぎだ。そうなれば、朝の早いひかりは、もう布団に入ってしまっているだろう。

同じような人間が多いのか、こんな時間なのに電車は混んでいた。座れずに、ドアの側に立って、夜の景色を眺めた。

また、今日も娘と話をする機会すらない。明日の朝、六時に起きれば、朝練に行く彼女と一緒に朝食をとれるだろうが、どちらにせよ、まともに喋ってはくれないのだと思うと、早起きをする気も失《う》せる。

今日の午後、庶務の人間と話す機会があって、栗山は、あの清掃作業員の女の子について尋ねた。

彼女は、朝、オフィスを掃除しているらしい。夜が遅い分、出社はみんな遅い。姿を見ることがなかったのも当然だ。

他にわかったことがいくつかある。彼女が栗山の会社に来はじめたのは、三ヵ月前で、そうして、清掃作業員は彼女ひとりだということ。

そうなると、栗山が社内をきれいだと感じはじめた時期と、彼女が働きはじめた時期が重なることになる。

――人は見かけによらないということか……。

一度、早く出社して、彼女の仕事ぶりを見るのも悪くないかもしれないと、栗山は思った。

帰宅すると、珍しくひかりは、リビングでテレビを見ていた。彼女はもう寝ていると思ったから、心の準備ができていない。自分の娘が部屋にいるだけで動揺するというのも、恥ずかしい話だが、実際そうなのだから仕方がない。

ひかりは、ちらりと栗山を見ると、立ちあがってリビングを出ていこうとした。お帰りなさいも、お休みも言わずに。

その横顔を見た瞬間、無性に腹が立った。こんな遅くまで働いて、くたびれて帰ってきているのは、だれのためだと思うのだ。

「ひかり、待ちなさい」

彼女は足を止めて、ふり返った。

「なんだ、その態度は」

そう言うと、彼女の眉が不快そうにひそめられた。少し前までは、こんな表情をする子ではなかった。彼女の表情はいつもシンプルで、こんな複雑な不快感を示したことなんて、なかった。

しかも、その顔が自分に向けられたと思うと、どうしようもない悲しみがこみあげる。

「あんなことで、いったいいつまで意地を張り続けるつもりだ」

「うるさいなあ、放っておいてよ!」

「親に向かってなんて口の利き方だ! ここに座りなさい」

ソファを指さすと、彼女はふてくされた表情のまま、そこに腰を下ろした。

「もう、明日早いから、寝たいんだけど」

唇を尖らせて、不機嫌な声で、ひかりはそう呟いた。栗山はそれには答えず、向かいに腰を下ろす。

「お父さんが、だれのためにこんなに遅くまで働いて、疲れ切って帰ってきていると思うんだ」

彼女はたちまち気色《けしき》ばんだ。

「わたしのためだって言うの？　わたしがいつ、そんなこと頼んだ？　嫌だったら辞めちゃえばいいいじゃない」

思いもかけないことを言われて、栗山は息を呑んだ。もちろん、子供のころにも口答えをしてきたことはあったが、こんなことを言われたことはなかった。

「うるさい！　おまえが安穏と生活していられるのは、だれのおかげだと思っているんだ！」

ひかりは、すっと立ちあがって、栗山を見下ろした。

「お父さんのおかげって言ってほしいの？　そう言ったら満足？」

冷ややかな口調だった。冷水を浴びせられたかのように、栗山は凍りついた。

「そんなふうに威張るんだったら、わたしを追い出せば？　出ていけって言えばいいのよ！」

「なにを言っているんだ、ひかり！」

そんな意味で言っているのではない。大事な、大事な娘なのに。

彼女はそのまま背を向けて、部屋を出ていった。階段を上がる音が聞こえ、そのあと、大きな音がした。彼女がドアを力任せに閉めたのだ。

脱力して、栗山はソファに沈み込んだ。

どうして、こんなことになってしまったのだろう。


次の日、栗山は七時前に家を出た。

いつもよりも一時間以上早い。電車もまだラッシュには早いらしく、それほど混んではいなかった。

特に用事があったわけではない。だが、昨日の出来事のせいで、情けなくて、腹が立って眠れなかった。娘にあんなことばを投げつけられるようなことを、自分がいつしたと言うのだろう。

結局、少しうとうとしただけで、六時くらいに目は醒《さ》めた。気が滅入って、朝食も取らずに、家を出てきてしまったのだ。

仕事はあるから、会社で時間をつぶせばいい。珍しく座りながら、新聞に目をやるが、記事も頭に入ってこない。ただ、ばさばさと無意味に音を立てているのと同じだ。

駅から会社への道のりも、人が少ない。早朝ゆえの爽《さわ》やかさが感じられて、少しだけ、気が晴れた。

通用口から中に入り、エレベーターに乗る。オフィスのある四階まで上がった。ドアを押して、オフィスに入った。自分の机に鞄《かばん》を置いて、腰を下ろしたときだった。

「失礼します」

元気のいい声がして、ドアが開いた。立っていたのは、先日の清掃作業員の女の子だった。

彼女は栗山に気づいて、目を丸くした。この前の時と同じ状況だ。ただ、ひとつだけ違うことがある。

彼女は、作業服を着ていた。

しばらく沈黙が続いた。普段は、オフィスにだれもいないから、彼女も驚いて声が出ないらしい。息苦しくなって、栗山は咳《せき》払いをした。

「少し、仕事があってね」

そう言うと彼女はやっと我に返ったように目をぱちぱちさせた。

「はい、あの、掃除機かけるけど、いいですか?」

「どうぞ」

彼女は、ずるずると巨大な業務用掃除機を引きずってきた。コンセントにコードを繋《つな》いで、ノズルを点検している。

背中を向けられているのをいいことに、栗山は彼女の服装を見た。

だぶだぶとしたカーキのパンツ、上半身はぴったりとした白いTシャツだから、スタイルがいいことがよくわかる。ブレスレットをじゃらじゃらとたくさんつけて、お洒落《しゃれ》に着こなしてはいるが、やはりそれは、作業服だった。

栗山は、おそるおそる尋ねた。

「その格好……」

間髪を入れずに彼女はふり返った。

「これだったら、掃除をするような格好に見えますか？」

「ああ、見える」

「そう、よかった。これで駄目って言われたら、どうしようかと思った」

彼女は胸を撫《な》で下ろして、掃除機を中央に引っ張っていく。

どうやら、栗山のお説教のせいで、服を替えてきたようだ。だが、あのときは、あんなに反発していたのに、いったい、どうして。

まるで、栗山が考えていることがわかったかのように、彼女が口を開いた。

「一応、言っておきますけど、わたし、自分が間違っていたとは思っていません」

ふり返った勢いで、頭のてっぺんのポニーテールが揺れる。

「でも、あれから考えたんです。わたしは自分が正しいと思っているし、あの人も自分が正しいと思っている。それではどうやっても平行線のままですよね。それがどうしても必要なことなら、それで相手が嫌な気持ちになっても、それは仕方がないことだけど、服装なんて、わたしにとってはそれほど大事なことじゃないし、仕事の前にちょっと着替えて、それで他の人が嫌な気分にならなくてすむんだったら、そうしようと思ったんです。ただ、それだけです」

彼女はそう言い終わると、掃除機をかけはじめた。栗山は書類を目の前に広げながら、彼女が掃除をするのを見ていた。

慣れているのか、手際がよい。椅子《いす》をうまく片手でずらして、机の下まできれいに掃除機をかけていく。

栗山もたまに掃除機をかけるが、つい、同じところを何度もかけてしまう。だが、彼女の動きには無駄がなかった。素人《しろうと》のように早く動かさず、ゆっくりと塵を吸い取っていく。頭の中で床を上手《うま》く区分けして、要領よく片づけていっているようだった。

それにしても、先ほどの彼女の考え方には少し驚いた。

普通、自分は間違っていないと思うと、その後のことはもう考えないものだ。自分が間違っていない以上、間違っているのは相手なのだから。

だが、彼女は、「自分も相手も間違っていない」と考えている。

栗山は、しばらく考え込んだ。彼女の考え方は、なかなか合理的だ。相手に自分の考えを押しつけるのではなく、自分が考えを曲げて相手に従うのではなく、それ以外の解決法を見つけている。

彼女が掃除機をかけ終わるのを待って、栗山は、また咳払いをした。顔を上げた彼女に言った。

「この前は、わたしも悪かった。わたしも自分の意見が間違っていないとは思っているが、あんな頭ごなしに言う必要はなかった。申し訳ない」

彼女は、はじめてにっこりと笑った。丸い目がきゅっと細くなって、とても愛らしい。

——少しひかりに似ているかも。

栗山はそう考えた。もちろん、ひかりの方がずっと年下だが。

「じゃあ、仲直りしましょ。ええと……」

「栗山だ」

「栗山さん。わたしはキリコ」

「キリコ？　それが名前なのか。名字は？」

そう尋ねた栗山に、彼女は悪戯《いたずら》っぽく笑って見せた。

「名字はもちろんあるけど、まだ慣れてないの。だから、名前で呼んで」


次の日も、栗山は早い電車に乗った。

キリコのてきぱきした仕事ぶりを見たせいで、昨日は一日、自分までもが爽やかな気分になった。彼女はあの後、くずかごやシュレッダーのゴミを回収し、喫煙コーナーの灰皿の吸い殻を捨てた後、きれいに灰皿を拭《ふ》きあげていた。

「いつも、こんなに早いのか？」

そう尋ねると、彼女は首を振った。

「というか、わたしは六時にきてるわよ。トイレや階段や、廊下なんかを掃除した後、ここにくるんだもの」

その返事に驚く。たしかに、このオフィス全体をひとりで掃除しようとすれば、いくら手際がよくても、そのくらいの時間はかかるだろう。

「大変だな」

「そうでもないわよ。普通なら十時には仕事が終わるわけだし、朝が早いだけ。栗山さんの方が、ずっとたくさん働いているんじゃないの」

先日、栗山と昼休みに会った日は、珍しく残業だったらしい。午前中に会議室を使う予定があって、午後からも大事な来客があったため、残って昼休みにも掃除をしたのだそうだ。

キリコと交わした他愛ない会話のせいで、栗山は珍しくいい気分だった。そうして、今日も、早起きしてしまったというわけだ。

栗山がまた、席に着いているのを見たキリコは、「おはようございます」と言った後、くすくすと笑った。

「なあに、わたしがちゃんと、清掃作業員らしい服装をしているか確かめるためにきてるの?」

今日の彼女は、黒いつなぎの作業着を、袖《そで》を腰のところで結んで着ていた。男っぽいつなぎだが、細い上半身と、だぶだぶとしたパンツの対比が、彼女をよけいに可愛らしく見せている。

「いや、まさか。仕事があるだけだよ」

「もちろん、冗談よ」

彼女はそう言って、掃除機をかけはじめた。キリコが掃除機をかけ終わるまで、栗山は仕事をしながら待った。彼女の持っている業務用掃除機は、ものすごい音で、会話をすることなど不可能だ。

キリコが掃除機をかけ終え、ゴミ回収をはじめるのを待って、栗山は尋ねた。

「変なことを聞くかもしれないけど、キリコくん、お父さんは?」

彼女はゴミ袋を広げながら、目をぱちぱちさせた。

「お父さん?　元気よ。どうして?」

「いや、仲がいいのかなと思って……」

どぎまぎしてしまう。キリコは、ゴミ袋を手際よくカートにセットした。

「仲良しよ。実家にも頻繁に帰るし、それ以外でも一緒に食事に行ったり……」

「一緒には住んでいないのかい」

キリコくらいの歳で、家を出て行ってしまうのなら、栗山がひかりと一緒に住めるのも、あと五、六年ということになる。

「うん、実家は出ているけど、別に両親と仲が悪いからというわけじゃないよ。他に理由があるの」

「そうか……」

こんなことを言うと、人に笑われるかもしれないが、ひかりが、あと十年もしないうちに家を出てしまうかもしれないと考えただけで、憂鬱な気持ちになる。喧嘩《けんか》をしながらでも、せめて側《そば》にいてほしいと思うのは、父親のわがままなのか。

キリコは、くずかごのゴミを回収しはじめた。栗山は暗い気分で紙コップのコーヒーを口に運んだ。

「なあに。娘さんと喧嘩でもしたの？」

思いっきり言い当てられて、コーヒーにむせる。口元を拭いてから、答えた。

「いや、喧嘩じゃないと思う。少なくとも、わたしは喧嘩をしたつもりはないな」

「じゃあ、娘さんが勝手に怒っているの？」

「……まあ、そんなものだ」

彼女は、ゴミを回収する手を休めずに、栗山に尋ねた。

「娘さんって、おいくつ？」

「十三」

「はあん、じゃ、無理ないかもね」

そう言われたことに、栗山は驚いた。

「無理ないって、どういうことだ？」

「十三歳とか十四歳くらいの女の子ってね、なんて言ったらいいんだろう。自分で、自分の心をセーブできないのよ」

彼女はなにかを思い出すように、上目遣いになった。

「身体と心の中で、いろんなことがごちゃごちゃになって、凶暴に暴れ回っているの。それはもしかしたら、男の子もおんなじかもしれない。わたしは、男の子のことは、よくわからないけど」

たしかに、中学生の時は、栗山もそんな感じだった。女性に対する興味や性の衝動が大きくなっていって、肉親にもやたらに反抗した。だが、女の子にもそんなことがあるのだろうか。

「なんていうか……自分の身体が汚く思えたり、それと同時に、世界中の大人の男の人が汚らしく思えたり……そういうのって、理性ではどうしようもないのよ」

思春期の少女が、父親に反発しがちになるというのは、知識としては知っている。だが、それは、単に知識として頭の中にあるだけで、実感はほとんどなかった。

「だから、その年頃の女の子なんて、そんなもんだと思って、家族は受け流すしかないんじゃないかな。いちばん駄目なのが、『だれのおかげで大きくなったと思うりだ。

再び、コーヒーにむせた。まさに、似たようなことを、先日言ってしまったばか
んだ』なんてことを言うこと」

「どうして、それが駄目なんだ?」

彼女は呆れたように、唇を尖らせると、話を続けた。

「だって、そういう時期に父親に反抗するのは、逆らえない衝動みたいなもので、自分では制御できないのよ。それなのに、『だれに育ててもらったんだ』とか『だれに食わせてもらっているんだ』なんて、娘さんにはどうすることもできないことで、その衝動を抑えつけようとしたら、もう、後は父親を嫌いになるしかないでしょう。ブレーキをかけた車の、アクセルを踏むようなもの。暴走して、事故のもと」

栗山は紙コップを置いて、ためいきをついた。自分が一昨夜、ひかりに言ったのは、まさにそういうことだった。

力無く、栗山は呟いた。

「じゃあ、どうすればいいと思う?」

彼女はくるりとふり返って笑った。

「簡単よ。放っておくの」

「放っておく？　それでいいのか？」

「それがいちばんいいのよ」

栗山はしばらく考え込んだ。

「だが、娘に対して、それはあまりにも愛情のない行為のような……」

そう呟いた栗山に、キリコは笑いかけた。

「そんなことないわよ、愛のある無関心というのもあると思うわ。彼女が放っておいてほしいときは、放っておく。でも、いつだって、彼女がお父さんに甘えたいと思ったら、甘えることができるんだということは、伝えることができると思うの。まったく、無視するんじゃなくて、ときどき声をかけたり、少し話しかけたりはするけど、彼女が話したくない気分みたいだったら、それ以上しつこくしたりはしない、とか……」

栗山は苦笑した。

「難しいな」

「やってみると、それほどでもないわよ」

キリコは、栗山の向かいの机に腰掛けて、足をぶらぶらさせた。

「思うんだけど、親が自然に子供のことを大事に思っているように、子供だって、自然に親のことを大事に思っているのよ。その愛情を無理に引き出そうとしたり、こねくりまわしたりして、お互いに駄目にしてしまうことはあるだろうけど、自然な状態では、子供はみんな親が好きなんだと思う。だから、そんなに心配することはないのよ」

たしかに幼いころのひかりは、栗山のことをよちよちと追いかけていた。抱き上げると、うれしそうな顔で笑った。親は、自分が子供を愛していることしか頭にないけれども、思い出してみれば、そのころから、自分はひかりに愛されていたのだ。

なんとなく、力が湧《わ》いてくるような気がした。栗山は笑顔で頷《うなず》いた。

「アドバイスありがとう。一度、そのようにやってみるよ」

「仲直りできるといいね」

掃除を終え、ゴミのカートを引いて、オフィスを出ていくキリコに尋ねてみた。

「そのアドバイスはきみの経験からかな？」

彼女はくすくすと笑った。

「そうね。きっと、そう。それにね、彼女だって、心の底では罪悪感を感じているはずよ。わたしだって、そんなときは、そうだったもの」

その日、栗山はシュークリームを買って、早めに帰った。

早いとはいえ、家に着いたときには九時だったから、妻の由子もひかりも夕食を終えていた。

味噌汁をあたためてもらって、食事をとっているとき、風呂に入るために、ひかりが二階から下りてきた。栗山はひかりに声をかけた。

「シュークリーム買ってあるぞ。食べるか」

彼女は栗山の顔も見ずに、答えた。

「今はいらない」

「そうか。また欲しいときに食べるといい」

栗山はそれだけ言って、由子との会話に戻った。

ひかりが、「おや？」という顔で、こちらを見ているのがわかった。いつもなら、しつこく、「どうして食べないんだ」とか「その態度はなんだ」とか言ってしまうのに、いつもと違うから不思議に思ったらしい。

食事を終え、リビングでテレビを眺めていると、風呂から出たひかりが、リビングを通り抜けていった。栗山に気づくと、小さな声で言った。

「おやすみなさい」

「おやすみ」

階段を昇っていく彼女の後ろ姿を、栗山はほっとした気持ちで見上げた。娘の方から話しかけてきたのは、ずいぶんひさしぶりのことだった。


翌日、栗山はまた早めに出勤した。ちょうど、キリコが掃除機をかけ終わったころに、会社に着く。

「おはようございます」

元気よく挨拶してくる彼女に、栗山は言った。

「きみの言う通りだったよ。たしかに少し距離を置いた方がいいかもしれないな」

すぐには、栗山の言ったことがわからなかったのか、きょとんとした顔をしているキリコに説明する。

「ひさしぶりに、娘の方から挨拶してきたんだよ」

今朝も、朝の挨拶を交しただけだったが、ひかりの背中から、今までほど刺々《とげとげ》しさを感じなくなっていた。やっと、思春期の娘とのつきあい方がわかったような気がする。

「きみのアドバイスのおかげだよ」

　そう言うと、キリコはくすくすと笑った。

「それもあるかもしれないけど、ちょうど、そういう時期だったのかもよ」

「そういう時期？」

「そう。よくあるでしょう。固い蓋《ふた》の瓶詰めがあって、開かない、開かないって、まわしているうちに、だれかのところにきたときに、いきなり開くの。その人がすごく力があるわけじゃなくて、それまでのみんなの力で、少しずつ緩んできていて、たまたまそこで開いただけなのよ」

「でも、昨日までは、ずいぶん機嫌が悪かったぞ」

「不機嫌でいるのも、疲れるからね。きっと、娘さんの方も、仲直りするタイミングを見つけたかったんじゃない？」

　そう言われると、なんとなく肩の力が抜ける。たしかにそんなものかもしれない。

　だが、そのタイミングを作ってくれたのは、彼女のアドバイスだ。

「まあ、きみのおかげで、娘との距離の置き方がつかめたのは本当だよ。助かったよ」

　彼女はくずかごを手に、微笑した。

「ね、やってみたら難しくなかったでしょ」

秘密を手に入れたような気がした。

もちろん大したことではない。一時間ほど早く出勤して、キリコと少し会話をするだけのことだ。

下心や嫌らしい気持ちなど、欠片《かけら》もないと断言できるが、それでも、歳《とし》の離れた女の子とのちょっとした会話は、変わり映えのしない毎日の中に、彩りを与える。

それに、彼女が広いオフィスを走り回って掃除している姿は、頼もしくて、それでいて爽やかで、なんとなく、自分まで元気が出てくるような気がするのだ。

ちょうど、その時間に出勤すると、ひかりと一緒に朝食もとれるし、一石二鳥だ。

ひかりの態度も、以前通りとはいかないが、かなり軟化してきている。

「課長、なんだかご機嫌ですね」

綿貫が書類を手に、前に立っていた。

「ん？　そんなふうに見えるかい」

「見えますよ。このあいだまで、少し元気がないみたいだったので、心配していたんです」

部下に心配をかけるようでは、上司失格だな、と苦笑した。

「娘と喧嘩してしまってね。ようやく仲直りができたんだよ」

「ひかりちゃん、難しいお年頃ですものね」

綿貫の顔を見て思い出した。明日はとうとう、新しい部長が出向してくる日だ。新入社員の宮崎と川嶋も、この一週間でずいぶん、他の社員と馴染《なじ》んだ雰囲気だし、心配事は減ったようなものだが、そのことを思い出すと、少し気が重くなる。

「そういえば、聞いた話なんですけど、新しい部長の芝《しば》さんって、親会社であった使い込み事件を摘発した人なんですってね」

その話は耳にしたことがある。経理部の社員が、水商売の女性に入れあげて、会社の金を使いこんで、懲戒免職になったという事件が、二、三年前にあった。それを見つけたのが、新しい部長とは知らなかった。

「ほかにも、新製品の情報を他社に流していた社員を捕まえたこともあるそうですよ」

綿貫の情報網のすごさに、栗山は苦笑した。

「それにしても、探偵みたいな人だな。やり手という噂は聞いていたが……」

企画開発部で、そんな不正をしている人間はいないと思うから、心配はしていないが、そんなに厳しく、注意深い人間なら、こちらも気を引き締めなければならない。

前の部長は、のんびりとしていて、あまり緊張感のない人だった。栗山も、部下にあまりきつく注意をできないタイプだから、社内の空気も少し変わって、いいかもしれないと、自分を納得させる。

「どんな人か楽しみですね」

綿貫のことばに、「そうだな」と同意した。

まだ会わないうちから、くどくどと考えても仕方がない。

新しい部長の芝が企画課にやってきたのは、次の日の昼前だった。

「はじめまして、芝です」

笑顔で握手を求めてくる。栗山もあわてて、右手を出した。

「これからお世話になります」

「こちらこそ、よろしくお願いします」

外見だけ見ると、大きな狸《たぬき》の着ぐるみを連想させるような小太りの男性で、下がり目の笑顔も優しげである。無意識に、人に好感を抱かせるタイプの男だった。

噂で聞いたような厳しい人間には、第一印象では思えない。

「よかったら、これから昼飯、ご一緒しませんか。このあたりの店を知らないので、案内してください」

気さくに誘われて、栗山も頷いた。

どうやら、それほど緊張することもなさそうだ。

馴染みの豚カツ屋へ案内する途中、栗山は、昨日綿貫から聞いた噂について尋ねてみた。

芝は照れたように笑って、頭を掻《か》いた。

「いえ、なにもわたしが、『あいつは怪しい』と言って、調べさせてわかったわけではないですよ。ただ、偶然、わたしが上司だったときに、そんな事件が発覚してしまっただけのことで、ある意味、わたしの管理不行き届きとも言えることです。お恥ずかしい」

芝はそう言ったが、半分謙遜《けんそん》みたいなものだろう。

悪い噂はすぐに流れるが、よい噂というのは、停滞するものだ。綿貫が聞いた噂が、誇張されていたとは思えない。

一緒に食事をとったことで、芝に対して抱いていた警戒心が、溶けていくのがわかる。親会社から出向してきた人間は、こちらを見下すような態度をとることが多いが、芝には、まったくそんなそぶりはなかった。

食後に喫茶店でお茶を飲んで、会社に戻ったときには、すっかり何年も仕事をした相手のように打ち解けていた。

芝と別れて、自分の机に戻った。なぜか、少し離れた席に座っている綿貫が、目で合図を送ってくる。

なんだろう、と不審に思っていると、急に目の前に影が差した。

新人の川嶋が、少し緊張したような顔で立っていた。

「どうかしたのか？」

彼女は、少し口ごもってから、栗山の目を見た。

「あの……来月、有給をいただけませんか？」

「え？」

意外なことを言われて、驚く。彼女は一週間前に入社したばかりではないか。

気を取り直して、彼女を見上げる。もしかしたら、法事とか友達の結婚式とか、よんどころない事情かもしれない。

「いつ、何日、休みたいのかい」

「ええと、三日でいいんですけど、土日を絡めて取りたいんです。たとえば、水木金とか……。忙しくないときでかまいません。旅行に行きたいんで、よろしくお願いします」

今度こそ、本当に驚く。

たしかに、有給休暇は社員の権利であるが、だからといって、入社一週間目に旅行に行きたいからと言って、有給を申請してきた新人ははじめてだ。

黙り込んでいると、川嶋は心配そうな顔で尋ねてきた。

「駄目ですか？」

「駄目というわけではないんだが……」

時間が不規則で、残業が多くなる分、なるべく有給は希望通り取れるように、努力している。新人だからと言って、有給は当然の権利である。取るなとは言えない。

「じゃあ、綿貫さんに相談して、仕事に支障のない日を選んで取りなさい。いいね」

川嶋はぱっと笑顔になった。

「はい。ありがとうございます！」

彼女が席に戻った後、綿貫がこちらをまた見ていることに気づいた。彼女がなにを言おうとしているのかわかったので、わざとコーヒーを買うふりをして、廊下に出た。

思った通り、綿貫はすぐに廊下に出てきた。

「課長、OKしちゃったんですか？」

「仕方ないだろう。駄目だとは言えないよ」

「そうかもしれないですけど……彼女、ハワイに行くって言っているんですよ。入社して、一週間目なのに、そんなこと言えるなんて、大した心臓ですよね」

「まったく、最近の若い者は……」

そう呟いてしまって、我に返る。若い者と言えば、ひかりだってそうだし、キリコもそうだ。彼女たちも、多少突拍子もないところはあるが、基本的にはいい子で、まったく理解不能というわけではない。

「まあ、一年目の有給は十二日だから、際限なくとれるわけではない。どちらにせよ、有給はなるべく消化してもらっているんだから、入社してすぐに取ろうが、数ヵ月経って取ろうが変わりはないよ」

半分、自分に言い聞かせるような気分で言う。綿貫は、渋々といった感じで頷いた。

自分の席に戻ろうとしたとき、綿貫が呟いた。

「なんとなく、あのふたりがきてから、課の雰囲気が変わったような気がするんです。課長はそう思いませんか?」

思いもかけないことを言われて、戸惑う。課の雰囲気など考えたこともなかった。

「いや、わたしは……」

「すみません、変なことを言いました」

綿貫は無理に笑顔を作って、そのまま席に戻っていった。その後ろ姿を見ながら、ためいきをつく。

本当に自分は上司失格だ。


「入って、一週間目で有給休暇?」

キリコは、目を見開いて、まばたきをした。長い睫《まつげ》が、ばさばさ音を立てそうだ。

「そうなんだ。きみならどう思う? 当然だと思うかい」

「うーん」

大げさに眉間《みけん》に皺《しわ》を寄せて、首を傾げている。仕草が大きくて、なんだか人形みたいである。

「絶対に取らないとは言えないけど……、でも、ちょっと言い出しにくいよねえ。もし、どうしても、どうしても、休みたい理由があれば言っちゃうかもしれないけど……」

大した意味もなく尋ねた質問なのに、キリコはやたらに真剣に考えている。

「すっごく好きな人のコンサートがあるとか……だったら取っちゃうかも……」

「でも、コンサートは夜だろう。なにも有給を取る必要はないじゃないか」

「あ、そっか。でも、もし、他の地方まで追っかけたいと思ったら……」

やはり、若い娘はドライである。自分たちの世代なら、そこまで自分の都合を優先できない。

「その子は、ハワイに行くから休暇が欲しいと言っている」

「へえ、でも、旅行だったら、就職する前に行けばいいのに。旅行のために、入って一週間目で有給というのは、ちょっと言いにくいと思うなあ」

その返事に、少しほっとする。「そんなの当然」と言われたら、どうしようかと思ったのだ。

「それを聞いて、少し安心したよ。きみたちの世代は、人の目なんか気にしないのかと思った」

「うーん、たしかに、自分がどうしてもやりたいことがあったら、それを優先させちゃうかもしれないけど、でも、一緒に働いている人や、雇ってくれた人に悪いって思うのは同じだよ」

彼女はばさばさ音を立てて、ゴミをカートに入れながら、そう言った。

栗山は、遊ぶための有給自体に、抵抗を感じる方だから、たしかにずれがあるが、キリコの感覚は、まだ理解できるものだった。

ゴミを集めていたキリコは、ふいに、足を止めた。あれ？　と呟く。

「どうかしたのかい？」

「ううん、大したことじゃないんだけど、シュレッダーのゴミがいつもより少ないの。まあ、そんな日もあるか」

会社にあるシュレッダーは、今キリコが中を覗いているもの一台だけである。

キリコは、シュレッダーに新しいゴミ袋をセットしながら、話を元に戻した。

「でもさー、わりとわたしたちの世代って、言われなければわからないことがあるから、その子が、あんまり目に余るようだったら、ちゃんと指摘してあげた方がいいんじゃないかなあ」

栗山は、壁にもたれて頷いた。

「まあ、次にこんなことがあれば、言ってみることにしよう」

数日後のある日、栗山は課のみんなを誘って飲み会を計画した。

仕事が一段落ついたことが、いちばんの理由だが、綿貫が言っていた、「課の雰囲気が変わった」ということばが、ひどく気にかかっていたのだ。

それから意識して、気を配るようにしていたが、特に変化というのは、見つけられなかった。もともと、栗山は人間関係に敏感な方ではない。

仕事を離れて、酒でも飲んでみればわかるかもしれないと思うのは、安易な考えだろうか。

仕事を早めに終えて、近所の居酒屋に集まる。

ビールで乾杯した後、思い思いに会話をはじめた。栗山は隣に座った社員と話をしながら、できるだけ、他の社員たちの会話にも耳を傾けるようにした。

一時間もしないうちに、栗山は、綿貫のことばの意味がわかったような気がした。

新人の宮崎と川嶋は、やたらによく喋るのだ。ほとんど、彼らが喋っていると言っていい。まわりに座っている社員たちは、聞き役にまわらざるをえない。

近くに座っている、宮崎の会話に耳を傾けた。

声がよく通るし、話もうまい。営業の方が向いているかもしれない、と栗山は考えた。

だが、その考えは、五分もしないうちに撤回した。

彼の話は、おもしろく聞こえるので、つい耳を傾けてしまうが、中身は自分のことばかりだった。自分の着ている服や靴に関する自慢を、延々と続けているのだ。

まわりの社員たちも、笑みは浮かべているものの、少し呆れたような顔になっている。

他の人間が、別の話題をはじめても、途中から話を持っていってしまう。黙って話を聞くことができないらしい。

――困ったものだな。

そう考えたが、仕事のことではないから、宮崎を注意することはできない。

しかし、いつもこんなふうでは、たしかに課の空気は悪くなる。苛《いじ》めみたいな陰湿なことをする人間はいないと思うが、自然に、他の社員から敬遠されることになるかもしれない。

――しかし、そういう部分までは上司の管轄外だな。

憂鬱に思いながら、栗山はちらちらと、宮崎の方を見た。

翌日は、飲み会疲れのせいで、寝過ごしてしまった。といっても、キリコと話す暇がなかったというだけで、以前の出勤時間と変わらない。

ちょうど駅で、綿貫主任に会ったので、尋ねてみる。

「宮崎くんは、いつもあんな感じなのかい？」

その質問だけで、伝わったらしい。綿貫は、苦笑しながら頷いた。

「そうです。まあ、明るくていいと言えなくもないんですが……ちょっと、みんなが呆れている感じ。とはいえ、新入社員をひとりにしておくわけにもいかないんで、お昼などは、なるべくだれかが誘うようにはしているんですが……」

「川嶋くんの方は？」

そう尋ねると、綿貫は眉を寄せて、遠い目をした。

「彼女も、よく喋る方なんですけど、宮崎くんほど自分の話が多いわけではないですね。女性社員は、男性社員よりも人間関係においては、シビアですから、あんなふうだと、すぐ孤立してしまいそう」

「なるほどなあ」

しかし、川嶋だって、有給の件がある。問題なしとは言えない。

「まあ、百点満点の新人なんて、いませんよね。今、頑張ってくれている中島さんや、今井《いまい》くんだって、入った当時は問題児だったんだから」

思い出すように、くすくすと笑った。栗山もつられて笑う。

たしかに、自分だって、入社当時のことを思えば、先輩たちに呆れられるようなことを、いくつもやった。長い目で見た方がいいだろう。

そう思いつつ、栗山は気になっていたことを口に出した。

「しかし、宮崎くんにしろ、川嶋くんにしろ、若いのに羽振りがいいなあ」

ふたりの履歴書に目を通したが、両方とも前の職場を辞めて、二、三ヵ月の失業期間があったはずだ。給料だってまだもらっていないはずなのに、いい服や靴を買ったり、ハワイに遊びに行ったりと、余裕のあることである。

「そういえば、宮崎くんは、ネットオークションがどうとか言っていましたよ」

「ネットオークション？」

耳慣れない言葉を聞いて、栗山は眉をひそめた。

「なんでも、珍しいスニーカーや時計を集めていて、それをオークションで売ると、買った値段よりも、ずっと高く売れるんですって」

「プレミア、というやつか」

原則として、社員の副業は禁止だが、そういうのは副業になるのだろうか。それとも、フリーマーケットなどと同じ扱いなのだろうか。

キリコなら知っているかもしれないと、栗山は考えた。


「ネットオークションねえ……」

机を拭きながら、キリコは首を傾げた。

栗山は、パソコンは仕事でしか使わない。インターネットも調べものをするときに、少し接続することがあるが、それほどくわしいわけではない。

「業者が仕事でやっていることもあるけど、だいたいは普通の人が、不要なものを売るのに使っているんじゃないかな。古いCDなんか、売りに行っても百円くらいで買いたたかれてしまうけど、オークションだったら五百円くらいで売れることもあるし、うまくいけば、もっと値がつり上がることだってあるし」

「じゃあ、副業禁止にはあたらないのか」

「たぶんね」

それを聞いて安心した。どんなことでも、呼び出して注意をするのは、やはり気が重い。

キリコは、右手に濡《ぬ》れ雑巾《ぞうきん》、左手に乾いた雑巾を持って、手際よく、机を拭きあげていく。横を通ったついでに、書類棚をさらりと拭いたりして、なかなか効率がいい。

今日のキリコは、七分丈のカプリパンツと、白いTシャツという格好である。首にビーズのネックレスを何重にもかけている。ポニーテールのてっぺんで揺れているのも、ネックレスと同じ素材のビーズだ。

栗山は、書類を鞄の中から出して、仕事にかかることにした。

早く出勤するようになって、残業が少し減った。早く帰れば、家で家族と過ごす時間も増えるし、なにより朝のラッシュが避けられるのがうれしい。今までは出勤するだけで、へとへとに疲れ果てていたものだった。

きっかけはキリコだったが、栗山は、この早めの出勤時間が、すっかり気に入ってしまっている。

顔を上げると、キリコは、カートを引きずってゴミ回収に励んでいる。

しばらく、仕事に集中していると、ふいに目の前に影が差した。顔を上げると、キリコが栗山の机を覗き込んでいる。

「どうかしたのか？」

「うーん……」

キリコはなぜか、言いにくそうな顔をしている。

「わたしがこんなこと言うのも、おせっかいかもしれないけど……」

「なんだね。言ってみなさい」

そう促すと、まだ迷っているような表情で口を開いた。

「なんか、この会社、最近、少し変だと思う」

「どうして？」

彼女は、ゴミの入ったカートを指さした。

「ゴミの量が少ないのよ」

そう言われて戸惑う。それがどうかしたのだろうか。

「ゴミが減るのはいいことじゃないか。以前からずっと、無駄な紙の使用をやめて、なるべくゴミを減らすようにと、会社全体で心がけているよ。成果が出てきたのなら、喜ばしいことだ」

キリコは首を横に振った。

「たしかに、少しずつ減っているとか、以前と比べて一割か二割減ったというのなら、そういう心がけの結果だと思うけど、ここ一週間で、かなり減っているわ。以前の半分とまではいかないけれど、それに近い量だと思う。それに、なにより、シュレッダーの中のゴミが少なくなっているの。ほとんど使われていないみたい」

栗山は首を傾げた。たしかにそれは不思議なことだが、キリコがなぜ、そんなことを気にするのかわからない。

「たまたまだと思うがね」

「わからないわよ。少し調べてみてほしいの」

困惑しながら、栗山は頷いた。

キリコが帰って、しばらくすると、他の社員が出社してくる。ちょうど、向かいの席に座っている岡部《おかべ》という若い男性社員を捕まえて、栗山はゴミのことについて尋ねた。

「ああ、なんでも、芝部長の指示らしいですよ。紙の無駄を省くために、一度使った用紙も、裏を使用したり、小さく切って、メモ用紙として使ったりして、ゴミを少なくするようにとのことでした。それで、シュレッダーにかけるゴミが少なくなったんじゃないですか」

それを聞いて、納得する。聞いてみれば、大したことではない。

しかし、芝部長は、噂のイメージとは違い、意外に地味な人間である。もっと、いろんなところに関して、厳しく締め付けられるものだと覚悟していたが、あまりこちらのやり方には口を出さずに、鷹揚《おうよう》に構えている。唯一、口を出したのが、紙の無駄遣いを減らすことだとは。

――まあ、本当に有能な人間というのは、そういうものかもしれないな。

そんなふうに考えながら、栗山は自分の席に戻った。

次の朝、キリコにその話をした。

なあんだ、と笑って、仕事に戻ると思っていたのに、彼女はまだ険しい顔をしている。

「どうかしたのか？」

「なんか気になるの。おせっかいかもしれないけど……」

彼女がなにを気にしているのかわからない。キリコは珍しく、掃除を中断して、栗山の前までやってきた。空いている椅子を引き寄せて座る。

「ねえ、芝部長って、どんな人？　きたのは本当に最近だよね」

「ああ、一週間程度かな。だが、親会社では、かなり有能な人間だったという噂だ」

そんなにやり手だったら、なぜ、子会社に出向になったのかという疑問は残るが、いちいち、人の噂を穿《ほじく》り出すのは趣味ではない。

噂の内容について、話している間、キリコはずっと険しい表情のままだった。

いったい、彼女はなにをこんなに心配しているのだろう。

栗山が話し終わると、キリコは椅子から立って、掃除を再開しはじめた。なぜか、今度は一言も口を利かない。

そうなると、栗山の方が居心地が悪くなる。机を拭いているキリコの側まで行って、尋ねた。

「なにが気になるんだ？　こっちも気になるじゃないか」

「今、話してもいいけど……確証もなく、悪口を言うみたいで、少し嫌」

そんな言い方をされると、よけいに気になって仕方がない。栗山は、しばらく考えこんだ。

キリコが気にしているのは、ゴミが減ったことと、芝部長のことだ。それがいったい、どんな関係があるのだろう。

ふいに、キリコがこちらを向いた。

「ひとつ、栗山さんには絶対わからないことを、教えてあげる」

「え？」

彼女は、いきなり栗山の耳に口を近づけた。びっくりして、思わず、身をひいてしまう。

「もうー、逃げないで、耳貸してよ」

「いや、急だったから……」

どぎまぎしながら、キリコに耳を向ける。彼女は小さく囁《ささや》いた。

「少し前から、女子更衣室に、ずっと本が置いてあるの。だれかの忘れ物みたいだけど、だれも持って帰らない」

まるで謎《なぞ》かけみたいだ。栗山は首を傾げた。

「それがいったい……」

彼女は、より声をひそめて言った。

「その本のタイトルは、『超初心者のためのネットオークション』よ」


さっぱりわけがわからない。

さっきからずっと、栗山は、キリコの投げかけた謎について、考え込んでいた。

女子更衣室の忘れ物、初心者向けのネットオークションの本、それがいったい、ゴミが減ったことと、どんな関係があるのだろう。

ちょうど、昼休み、昼食に行こうとして立ちあがると、栗山の机の電話が鳴った。がやがやと、他の社員がオフィスを出ていく中、電話を取る。

「あ、栗山さん、わたし」

受話器から聞こえてきたのは、キリコの声だった。びっくりして、受話器を取り落としそうになる。

「どうして、電話番号を知っているんだ？」

「電話に書いてあるでしょ」

あわてて、電話に目を落とす。たしかに、それぞれの電話には、対応する内線番号が書いてある。もちろん、ここで働いているキリコは、会社の電話番号を知っているから、それに内線番号がわかれば、外から電話をかけるのは簡単だ。

「なにか用か？」

「ひとつ、調べてほしいことがあるの。それが、もし、わたしの予想通りだったら、わたしが考えていることを、栗山さんに話す。もし、予想が外れていたら、単なるわたしの考えすぎってことにする。ねえ、調べて」

「いったい、なにを調べるんだ？」

キリコが電話口で喋ることを、メモに書き留めた。そのメモを見下ろしても、事態はまったくわからない。

「お願いね。じゃあ、また明日」

電話はかかってきたのと同じ唐突さで切れた。

栗山はためいきをついて、そのメモを見下ろした。

もしかすると、自分はあの娘に、からかわれているのではないかと思う。キリコは、適当なことを言って、ふりまわされてあたふたしている栗山を見て、楽しんでいるのではないかという疑惑まで湧いてくる。

よく考えれば、今まで早朝出勤などしなかったのに、最近になって毎日一時間早く出勤している。キリコにとって、栗山は、「自分と喋りたいがために、朝早くやってくる、スケベオヤジ」なのではないだろうか。

だとすれば、からかってやろうと考えるのも、無理はない。

若い女の子が、自分の相手をしてくれるのがうれしくて、舞い上がってしまった自分が情けない。

栗山は恨《うら》めしいような気持ちで、メモを見つめた。破り捨てようとも思ったが、彼女の思わせぶりな口調と真剣な表情が気になって仕方がない。

結局、言われた通り、受話器を取って、内線の番号を押す。電話はすぐさま、人事部に繫がった。出てきたのは、以前企画課にいたこともある女性社員だった。彼女なら、聞きやすい。

「実は、ひとつ調べてほしいことがあるんだ。昼休みが終わってからでいいから、頼めないか？」

「いいですよ。なんですか？」

「うちにきた新人、宮崎くんと川嶋くんだが、あのふたりは、だれかの紹介での入社なのかな。それとも、求人でやってきたのか、どちらなのかを知りたいんだ」

「ああ、それなら、知っていますよ。ふたりとも、芝部長の紹介です。自分に気を使われるのは嫌だから、普通入社と一緒に扱ってくれていいと、芝部長はおっしゃってましたけど」

栗山は、驚いて、メモを見下ろした。

そこには、さきほどキリコの言ったことが書かれていた。

「新人ふたりが入社したのは、だれの紹介か調べて。わたしは、芝部長の紹介だと思う」

キリコの話した内容に、栗山は戸惑うしかなかった。

たしかに、彼女が言うことは、すべて、今の状況に当てはまっている。だが、そんなことがあるのだろうか。

「きみの言うことは筋が通っているんだが、しかし……」

口ごもった栗山に、キリコは頷いた。

「たしかに、証拠もないし、問題すら起きていないわ。でも、問題が起きてからでは遅すぎる。それはわかるでしょう」

栗山は頷いた。もし、キリコが言ったことが正しいのなら、問題が起きてから犯人を糾弾してもまったく意味がない。

キリコはことばを続けた。

「今の状態って、風邪《かぜ》が流行《はや》っている中、マフラーも手袋も、マスクもせず、薄着で外に飛び出しているのと同じだと思う。風邪を引いてしまってからだったら、病院に行って薬を飲んでも簡単に治らない。下手をしたら、肺炎になってしまうかもしれない。でも、今なら、すごく簡単にできることがあるの」

「それはなんだい？」

キリコはくすりと笑って、栗山を見上げた。

「風邪に気をつけろって、言うだけでいいのよ。それだけなら、だれを責めるわけでもないわ」

三日後の朝礼のとき、栗山は、全社員の前に立った。

ポケットから、昨日考えた草稿を出して、読み上げる。

「インターネットのおかげで、いろんな情報が瞬時に手に入るようになりましたが、その弊害もいくつもあります。先日耳にした話ですが、あるレコード会社の、関係者しか聞けないプロモーション用のテープが、ネットオークションに出品されたことがあったそうです。すぐに、そのレコード会社への通報があり、調べたところ、アルバイトの学生が、軽い気持ちで持ち出したということが、わかりました。オークションサイトも、こういう違反行為に関する情報は開示してくれるそうですので、違反者はすぐにわかります。我が社も、『ホーク・マウンテン2』の開発が進んでいますので、それに関する資料やら、画像やらが、簡単に入手できる状態にあります。うちには、そんな社員はいないと思っていますが、つい、軽い気持ちで、友達にあげて、その友達がオークションに出品するということもあると思いますので、社外秘の資料の扱いについては、重々注意してください。しつこいようですが、社外秘のものを持ち出すことは、立派な犯罪ですから」

よくある朝礼のときの、注意に過ぎない。ほとんどの社員は、のんきに聞き流している。だが、前に立って見ていると、明らかに顔色を変えた人間が、三人いるのがわかる。

宮崎と、川嶋、そして芝部長だった。

芝部長の、大きく見開かれた目と、ぽかんと開いた口を見て、栗山はやっと、キリコの推測が当たっていたことを確信した。


その日の夜、帰り支度をしている栗山に、芝部長が話しかけてきた。

「少しいいかな」

一瞬、息を呑む。だが、彼を責めるようなことは、一度も口に出していないし、栗山自身も責められるようなことは、なにひとつない。

芝は、栗山を会議室まで連れて行った。体育館裏に連れ込まれる下級生のような気持ちになって緊張する。

会議室に入ると、芝は、低い声で呟いた。

「まったく、のんびりしているように見える人間にこそ、注意しなければならないということは、わかっていたつもりだったがね」

「なにをおっしゃっているのですか？」

栗山はしらばくれた。もともと、芝を責めるつもりはまったくない。少なくとも、問題はまだ起きていないし、これから先も、自分が気を配るつもりだ。

「気づかないふりをしても無駄だよ。ちゃんと、人事の人間に聞いている。きみが、宮崎や川嶋が、わたしの紹介で入ったかどうか、尋ねてきたことをね」

そう言われて、少し動揺する。

「それは……、ただ、宮崎くんと川嶋くんの入社の時期が、なんだか唐突だったので、不思議に思っただけですよ。特に欠員が出たわけでもないのに」

平静を取り繕って、言い訳をした。芝は笑った。

「なにも隠すことはないだろう。きみは悪いことをしているわけではない。それとも、上司に逆恨みされることを恐れているのかな」

「そんなことは……」

思わず、反射的に答えてしまった。芝はにやりと笑った。

「まあ、いい。邪魔されたからといって、きみを恨むつもりなど、まったくないよ。もしかしたら、この会社の人間はみんな真面目で、だれも引っかからなかったかもしれないのだから」

栗山は驚いて、芝の顔を凝視した。まさか、こんなに簡単に彼自身が認めるとは思っていなかったのだ。

芝は、窓際に立って話し続けた。

「ただ、きみが、ひとつ誤解をしているのではないかと思ってね」

「誤解とは?」

「わたしが、親会社に戻りたいがために、功績をあげるため、こんなことを企てたと、きみは考えているのではないかい」

栗山はあえて、返事をしなかった。たしかにそう思っていた。キリコもそう推測していた。

「今まで、何度か不祥事を起こした人間を摘発して、有能だと言われていた。だから、今度も、不祥事を摘発すれば、能力が認められて、また親会社に戻れると、そうわたしが考えて、こんな行動を取ったと、きみは思っている。そのために、わざわざ、シュレッダーを使わないことにして、書類や資料の管理をあやふやにして、持ち出しやすくして、息のかかった部下に、ネットオークションは、初心者でも簡単にお金が儲《もう》かるということを、アピールさせる。給料以外のお金で、贅沢《ぜいたく》をしている人間を側で見ていれば、他の社員たちのモラルも、少しずつ低下する。そうして、だれか、迂闊《うかつ》な人間が、社内に無造作に置いてあるゲームの資料などをオークションに出そうと考えて、それを実行に移すのを待っている。そう思っているのではないかい」

彼が今言った内容は、キリコが栗山に話した推理と同じだった。

キリコは続けてこう言った。

「もし、だれもそんなことを考えつかなかったとしたら、宮崎くんか川嶋さんのどちらかが、こっそり狙《ねら》いをつけた人間――危機感が薄くて、誘惑に弱いタイプの人に囁けばいいのよ。『これ、きっとネットで売ったら、高額がつきますよ』ってね」

もちろん、そこまでしても、だれも行動に出ないかもしれない。栗山はそう信じている。たとえ、自分がブレーキをかけなくても、問題はなにも起きなかっただろう、と。

「どうだい？　きみの考えはそうなんじゃないかい？」

芝にそう尋ねられて、栗山は観念して口を開いた。

「違うんですか？」

「違うよ。わたしは、悪い芽は、いちばん最初に摘んでおきたいだけだよ」

彼はしれっとした表情でこちらを見た。

「そんな誘惑に乗るような人間は、どうせ、大した人間じゃない。だから、最初のうちに、そんなろくでもない社員を見つけだして、始末しておきたいだけだ。だから、だれひとり、誘惑に乗ってこない方が、ありがたいと思っているんだ」

平然とした表情で、芝はそう言った。栗山は信じられない思いで、芝を見た。

「じゃあ、会社の金を使い込んで懲戒免職になった社員というのも、あなたが悪い芽を摘んだ結果ですか？」

「ああ、そうだ。といっても、大したことはしていないよ。その男がホステスに入れあげていることを知っていて、わざと帳簿の管理をすべてまかせただけだ。それだけでも、わたしの責任ということになるのかな？」

彼の口調には、まったく罪の意識はなかった。たしかに、彼を責める罪状はなにもないかもしれない。

栗山は顔を背けて呟いた。

「上司には、きちんと管理し、教育する義務があるはずです。だから、それはあなたの責任だと思います」

「駄目な人間は、いくら管理して教育しても無駄だよ。まあ、これは、考え方の違いだな」

芝のことばに、栗山は頷いた。

「わたしも、あなたの考え方はよくわかりません」

理解したくもありませんが、そう心で呟いて、栗山は会議室を出た。

「うっそお、そういう理由だったの？」

次の日の朝、キリコと出会った栗山は、昨日の芝との会話を報告した。

「なんか信じられないー。そんな人がいるなんて、考えもしなかった」

彼女は憤然と唇を尖らせている。

「自分には人を振り分ける権利があると思っているのかしら、嫌な感じ」

ぷんぷん怒っている。彼女を見ながら、栗山は苦笑した。

若い者はわからない、とは思うが、芝はもっと理解できない。それならば、ずっとキリコの方が理解できる。

ふと、彼女の服装に目をやって、栗山は気づいた。

今日はTシャツと白いショートパンツで、たしかに仕事しやすい格好と言えなくもないが、どんどん作業着から離れている。

膝から下の長い脚が、すっと伸びていて、目のやり場に困る感じだ。

おそるおそる尋ねた。

「キリコくん、その格好は作業着とは言えないと思うのだが……」

「あ、やっぱり、これは駄目？」

キリコは悪戯《いたずら》っぽい顔になった。

「カプリパンツはなにも言われなかったから、これも大丈夫かと思ったんだけど……でも、これ、掃除しやすいわよ」

どうやら、わざと、少しずつ作業着から、服装を崩していって、どこで文句を言われるかを、試していたらしい。

キリコは上目遣いに、栗山を見上げて言った。

「でも、もう栗山さん、わたしのことを服装で判断しないわよね。どんな服装でも、仕事はきちんとやるわよ。わたしの服装を見ているのも栗山さんだけだから、社内の風紀にも関係ないし」

そう言われると、もう反論できない。栗山は降参した。

「でも、そんなに脚を剝《む》き出しにしていると、風邪を引くぞ」

「平気、平気。肉体労働者だから、体力あるのよ」

彼女は、カートに置いてある大きなバケツを、ひょい、と片手で持ち上げて見せた。

栗山は苦笑して、自分の席に着いた。

無理矢理丸め込まれたことが、むしろ、少し心地よかった。

CLEAN.2

鍵のない扉

子供のころ、くるみはよく同じ夢を見た。

それは鉄棒で、ぐるぐると回転する夢だ。鉄棒に手をかけて、足を蹴《け》り上げると、だれかにお尻《しり》を支えられているかのように、お尻ごとするりと上がって、鉄棒に身体は引っかかる。そのまま勢いよく、ぐるん、ぐるん、とくるみの身体はまわった。それと同時に空もぐるん、ぐるん、とまわる。気持ちのいい夢だった。何度まわっても、目はまわらなかった。

何度かまわったところで、鉄棒から飛び降りて、とん、と着地を決める。それと同時に、見ていた観客から、拍手が湧き起こるのだ。

現実のくるみは、体育がいちばん苦手で、逆上がりはクラスでいちばん最後までできなかった。

なぜ、そんな夢を見るようになったかは、たぶん見当がつく。テレビでオリンピックの体操競技を見たせいだ。

体操選手の身体は、信じられないほどしなやかに動き、鉄棒の上で回転した。学校の、あの低い鉄棒でさえ苦しむくるみにとっては、それは夢みたいな出来事だった。

それと同時に、あんなふうに身体が思うように動いたら、どんなに気分のいいことだろうと思った。

現実には、いくら蹴り上げても、足は鉄棒にすら引っかからなかったし、お尻はまるで錘《おもり》が入っているように重かった。

まあ、自由なはずの夢の中で、拍手までしてもらっているのに、競技用の高い鉄棒ではなく、学校の鉄棒だというあたりがあまり格好良くはないが、子供の想像力にも限界があったということだろう。

たぶん、くるみはそんなふうに喝采《かっさい》を浴びてみたかったのだ。

子供のころ、くるみには得意な教科がなかった。運動はてんで駄目だったし、絵も習字も下手《へた》だった。音楽はわりと好きなほうだったけど、クラスにはピアノの上手《じょうず》な子や、バイオリンを習っている子までいた。縦笛が間違えずに吹けるということくらいで、得意に思うことなどできない。

成績は悪いわけではなかったけど、いちばん得意だった国語でさえ、どんなに頑張ってもいちばんにはなれなかった。たいして勉強しているわけでもなさそうなのに、成績のいい子がいて、さらりといちばんをかっさらっていくのだ。

それだけではない。クラスでいちばん友達が多いわけでもないし、クラスでいちばんおもしろいわけでもない。言うまでもなく、クラスでいちばんきれいなわけでもなかった。

くるみはよく考えた。

もしも神様が、人をすべて平等に作ったのなら、くるみにも世界でいちばんうまくできることがあるはずだった。

そうでなければ、オリンピックで金メダルを取る人や、うっとりするような美人とくらべたとき、くるみにはなんの価値もないことになってしまう。

それがなんなのかはわからないけど、絶対にあるはずだ。たとえば、どんな猛獣でもくるみにはころりとお腹《なか》を見せて懐《なつ》いてしまうみたいに、今は試す機会がなくて、わからないことかもしれない。

二十七になっても、くるみはまだ、そのことを見つけられないでいる。

猛獣が懐くかどうかは、試していないのでまだわからないけど。

「へえーっ、本田《ほんだ》さんって、くるみちゃんって言うんだ。可愛《かわい》い名前だねえ」

取引先の落合《おちあい》はにやにや笑いながら、くるみの顔を覗《のぞ》きこんだ。煙草《たばこ》の匂《にお》いの、むうっとする息に辟易《へきえき》しながら、くるみはそれでも愛想笑いを浮かべた。

「似合わないでしょう」

「いや、そんなことないよ。これから、くるみちゃんって呼ぼうかな。ねえ、くるみちゃん」

ビールで赤くなった顔がもっと近づく。心の中のくるみは、眉間《みけん》に皺《しわ》を寄せて呟《つぶや》いている。

——うるせえよ、おっさん。

もちろん、落合の前のくるみは、笑みを浮かべたままである。

毒づきたいのは、「セクハラしてるんじゃねえよ」という気持ちだけではなく、「似合わないと思っているのに、無理すんなよ」という心理である。

くるみは身長が172cmある。それも、モデルのような素敵なプロポーションというわけではなく、単にひょろひょろ伸びた電信柱。太らないということだけは、ありがたいと思うが、胸も尻も薄く、凹凸がない。

おまけに面長で、つり目。しかも視力が悪くて眼鏡をかけている。名前を名乗ったときに、目の前の人間がいつも同じことを考えるのがわかる。

——どこが、「くるみ」？

くるみだって、自分でこんな名前を選んだのではない。名前を付けた母を少し恨むが、母も娘がこんなふうに育つとは思っていなかったのだろう。母は小柄で丸顔で、六十近くなった今でも可愛らしい人だ。

くるみは父親に似ている。背が高く、肩幅が広く、そして面長で目が細い。遺伝子って、すごいと思ってしまうほどそっくりである。

父は真面目な人で優しいし、今でも大好きだ。それでも、なにもこんなにそっくりにしなくてもいいではないか、と、神様にちょっと抗議したくなる。

大学の時の友人に、すみれという名前の子がいた。彼女は、ぽっちゃりという表現が控えめすぎるほど、立派に太っていた。彼女とくるみは、「絶対に自分の子供には、地味な名前を付けよう」と、お互いに誓い合ったのである。

治子だとか弘子だとかの地味な名前の女の子が美人でも、それはなんの支障もない。だが、くるみやすみれという名前をつけられて、美しくも可愛くもなく生まれてきてしまったら、本人がいたたまれないではないか。

そんなわけで、くるみは名前で呼ばれることが嫌いである。だからたいていは名字で、仲のいい子には、名字の本田から、「ぽんちゃん」というあだ名で呼んでもらっている。

それなのに、同僚の小柴博美《こしばひろみ》が、酒の席での勢いで、取引先の落合に話してしまったのである。

小柴は、あまり口数が多くはないが、きれいな顔立ちをしている。彼女にはくるみがなぜ、自分の名前を嫌がるかはわからないだろう。

また、場を盛り上げるのがうまい、もうひとりの同僚の来栖尚《くるすなお》が、落合に受けたのをいいことに、同じように「くるみちゃーん」なんて言っている。普段は明るくていい子だが、こういうときはちょっと腹が立つ。

この場のことで終わればいいが、落合の性格を考えると、このあとしつこく、「くるみちゃん」「くるみちゃん」と呼ばれることになるだろう。

一度だけ、くるみが飲み過ぎて、トイレで吐いてしまったときもそうだった。落合は打ち合わせで会うたびに、ビニール袋をくるみに渡した。

「はい、これ、本田さん。念のために」

それは半年くらい続き、くるみはそのたびに、「しつこいんだよ。おっさん」と心で呟いたのだった。

さっきからおっさん呼ばわりをしているが、落合はまだ四十になるかならずかだからおっさんと呼ぶには微妙な年齢だ。

落合より年上でもおっさんと呼びたくない人もいる。だが落合のふるまいは嫌なおっさんそのものだ。

なにが、いちばん嫌だといって、落合がくるみをからかったりすることを、義務のように考えていることが伝わってくることだ。

小柴ほど美人でもなく、そして来栖ほど気が利いて、話術に長《た》けているわけではない。今、この場にいない同僚たちともくらべて、くるみがいちばん女性として魅力がないことくらい、自分でもわかっている。

そんなくるみに、セクハラめいたふるまいをすることは、落合にとって「ボランティア」のようなものなのだろう。勘弁してほしい。

打ち合わせだと称して、鹿原《しかはら》企画の社員たちを飲みに連れ歩くのも、自分の自由になる女性たちが何人もいるという気分に浸りたいだけだろう。まあ、犯罪レベルのセクハラに至るほど下品な男でないだけ、まだましだが。

しかし、くるみも含めて、鹿原企画の社員たちはすべて、この男の機嫌を損《そこ》ねるわけにはいかない立場であることも事実だ。それが、本当にむかつく。

くるみは、チューハイの残りをぐいと飲み干した。
本当に、心底、勘弁してほしい。

鹿原企画は、小さな編集プロダクションである。
社員はくるみも含めて四人、くるみの肩書きは「編集兼ライター」というもので、同じ、編集兼ライターが、小柴と来栖。そして、編集兼デザイナーの宮前《みやまえ》ゆり子。それと、社長の鹿原麻美《あさみ》がいる。社長だけがちょっと年上で、残りの四人は二十代後半である。

社員はすべて女性。主に企業のＰＲ誌や業界新聞などを作っている。名刺を知り合いに渡したり、昔の友達に「ライターをやっている」と話したりすると、すぐに「どんな雑誌や本に書いているのか、教えて」と言われるが、本屋に並んでいたり、だれでも買える本を作ったことはない。

ごく狭い範囲に撒《ま》かれて、狭い範囲で読まれる。そんな雑誌や新聞ばかりだ。
もっとも、いちばん大きな取引先である、吉上《よしがみ》製薬が出しているＰＲ誌は、全国の薬局に置かれるので、発行部数は三万近い。ただ、それを読みたくて待ち望んでいる人などいないし、そのＰＲ誌をきちんと保存している人もいないだろう。

なにげなく手に取られ、ぱらぱらとめくられ、そして捨てられて忘れ去られる。そんな存在の雑誌だ。

そして、落合は、その吉上製薬の広報課の社員なのだ。

あのあと、もう一軒連れ回され、みんなが解放されたのは、二時近かった。明日も仕事なのに嫌になる。

もう終電もないから、落合はタクシーで帰っていった。小柴と来栖のふたりは、同じ方向だから一緒のタクシーで帰るようだ。残念ながら、くるみは逆方向だ。

「ぽんちゃん、ひとりなんだから、先にタクシー乗りなよ」

空車をつかまえた小柴が、気を遣って言ってくれる。

「でも、わたし、コンビニでお金下ろさなくちゃならないから、先帰っていいよ」

今日、昼食を食べたとき、財布の中のお金が残り少なくなっていたことに気づいた。タクシー代までは払えないだろう。

「わかった。じゃあ、気をつけてね」

来栖たちは、手を振ってタクシーに乗り込んだ。

「お疲れ様。お休み」

「また、明日ね」

くるみも笑って手を振る。あと八時間もしないうちに、また顔を合わせるのかと思うとちょっとげんなりする。嫌いなわけではなく、むしろ好きな人たちだが、あまりにも拘束時間が長すぎる。

――こんな飲み会まで、仕事のうちだなんてさ。

「つきあいも仕事のうち」ときっぱり言い切った当の社長は、風邪を引いたとかで、さっさと帰ってしまった。まあ、落合も、いかにも女傑という風情《ふぜい》の鹿原社長がいると、少し腰が引けるのか、調子に乗ることが少ない。

取引先の落合に、いい気分になってもらうのが仕事なら、自分はいないほうがいいと、社長は判断しているのだろう。

こんなつきあいは週に一度くらいだが、それ以外の日でも、終電を逃してタクシーで帰ることも少なくない。忙しすぎるのだ。

くるみはひとり暮らしだが、自炊をすることなどめったにない。冷蔵庫の中には、ビールとヨーグルトと、いつ買ったのかわからないくらい昔の梅干ししか入っていない。休みの日はくたびれて、一日中寝ている。

文章を書くのは好きだから、今の仕事は辞めたくない。けれども、ときどきひどくくたびれる。特に、こんな日は。

くるみは、来栖と小柴を見送ると、それからいちばん近いコンビニに向けて歩き出した。

昔はコンビニのATMでお金を引き出したことなどなかった。時間外に銀行でお金を引き出すことさえ抵抗があった。百円か二百円の手数料は、営業時間内に銀行に行けば決してかからないお金なのだから。

よく考えれば、終電を逃してタクシーで帰宅するなんてことにも昔はずいぶん抵抗があったのだ。そう考えると、なんだか不思議な気分になる。

長く生きるということは、どんどんいろんなことに抵抗がなくなって、ゆるゆるになっていくことなのだろうか、なんて、考える。

近くのコンビニには、二、三人の客が入っていた。こんな深夜でも眠らない人はいる。

くるみはATMの前で鞄《かばん》を探った。すぐに見つからなかったので、荷物をかき分けて探す。そのあと、本だの雑誌だの大きなものを出してまで中を探った。ポケットも全部確かめた。もう一度鞄を開き、顔をつっこむようにして探した。

頭がかーっと熱くなり、額から汗が噴き出してきた。

財布がなかった。

どこで落としたのかはわからない。昼食のときにはあったし、その後買い物には出ていない。飲み代を今日は落合が全部払ってくれた——もちろん領収書はもらっていたから経費で落とすのだろうけど——ことも、悪いほうに働いた。もっと早く、財布がないことに気づいたら、来栖か小柴から帰るだけのお金を借りることもできたのに。

ともかく、くるみは歩いて事務所に戻った。先ほどまでの疲労は数倍になって、くるみの肩にのしかかってきた。

事務所に財布があればいい。もしなければ、どうすればいいのだろう。そう考えると泣きたい気分になる。

実家までタクシーで行けば三万円はかかってしまうし、こんな夜中に友達をたたき起こして、お金を貸してもらうこともできない。カードも財布の中だから、ホテルに泊まるというのも絶対に無理だ。

そうなると、方法はただひとつ、事務所のソファで朝を待つしかない。

こんなにくたびれているのに、風呂にも入れず、ベッドで休むこともできない。お腹が空《す》いても、おにぎりひとつ買って食べることもできないのだ。

そう考えると、惨《みじ》めで泣きたくなる。

守衛に事情を話してから、くるみはビルの中に入った。エレベーターで三階に上がって事務所の鍵《かぎ》を開ける。

空調が切られているせいで、事務所は肌寒かった。灯《あか》りをつけてから、自分の机を探した。

覚悟はしていたが、やはりそこにも財布はない。くるみは椅子《いす》にへなへなと座り込んだ。

これで、すべての希望は絶たれた。今夜は会社で眠るしかない。

それだけではない。財布の中には、クレジットカードも銀行のキャッシュカードも入っていた。明日の朝、カードをすべて使用停止にしてもらわなければならない。

だが、財布をいつなくしたのかが、わからない。もしかすると、すでにクレジットカードで多額の買い物をされた後かもしれない。

その後、くるみはもっと最悪なことを思い出す。変えなければ、変えなければ、と思いながら、キャッシュカードの暗証番号を誕生日にしてあったのだ。財布の中には、車の免許証も入っている。誕生日なら、すぐにわかってしまう。

どうしよう。どうしよう。頭の中が不安でいっぱいで、まともに考えることなどできない。

大丈夫、親切な人が拾ってくれたかもしれない。そう考えても、次から次に浮かぶ悪い空想に、楽天的な考えはたやすく押し流されてしまう。

ともかく、朝まで眠ろう。そう思って、灯りを消して、打ち合わせ用のソファに横になった。ぎしぎしとして腰が痛いが、床に寝るよりもましだ。

しかし、目を閉じても、悪い空想はどんどん大きくなっていく。おまけに寒い。最初はこのくらい耐えられると思ったが、次第に身体《からだ》の芯《しん》まで冷えてくる。

くるみはもう一度起きあがった。このままでは風邪を引いてしまう。

そういえば、ホームレスの人々は、段ボールや新聞紙で寒さをしのぐと聞いたことがあった。幸い、事務所だから段ボールも新聞紙もたくさんある。

くるみは古新聞置き場から、新聞をがさがさ取りだして、ソファに広げた。身体の上にもかけて、その上、いちばん大きな段ボール箱をつぶし、その中に入った。

その瞬間、くるみは思った。人の知恵というのは偉大である。

段ボールと新聞は想像以上にあたたかかったのである。そう感じると同時に、少し力が抜けた。

今、段ボールと新聞紙で寒さをしのいでいることを考えれば、財布をなくしたことくらい大したことではない。持ち歩いているキャッシュカードの口座には、当座の生活費しか入れていない。たしか八万くらいだった。もちろん、それでもくるみにとっては大金である。

でも、死ぬとか多額の借金を背負うというのとは違う。クレジットカードのほうは保険があるはずで、買ってもいないものの代金を払わされることはないだろう。一文無しになるわけでもない。もうちょっとまとまった額を、くるみは郵便局に貯金していて、そちらのカードは家に置いてある。

大丈夫。まあ、なんとかなる。そう思うと、睡魔がこみ上げてくる。

くるみは段ボールを胸元まで引き上げて、目を閉じた。

まぶたの裏が白くなった。

灯りがついたのだ、と、くるみは半分眠りながら考えた。でも、どうして?

身体の感覚から、そんなに眠っていないことがわかる。そして、鹿原企画の朝は遅い。残業が多いから当然でもあるのだが、いちばん早い人でも、十時過ぎにならないとやってこないし、ほかの社員は十二時までに、のそのそと集まるという感じだ。

だから、だれかが出勤したわけではない。では、どうして灯りがついているのだろう。

だんだん本格的に目が覚めてきた。くるみは寝返りを打って、のっそりと起きあがった。

あくびをして、目を擦《こす》る。目を開けたとき、くるみはまだ夢を見ているのかと思った。

目の前に、見たことのない女の子がいた。

赤茶色に染めた髪を、頭の高い位置でお団子にしている。丸く大きな目と、ばさばさに長いまつげ、ぷっくりとした唇はラメ入りのグロスで光っていた。

まるで、子犬のような好奇心で目をきらきらさせて、くるみの顔を覗きこんでいる。

くるみはあたりを見まわした。間違いなく、ここは鹿原企画の事務所である。時計に目をやるとまだ六時になったばかりだった。

もう一度、女の子を見る。大きな花柄のワンピース。スカートはきわどいほどのミニで、つやつやの膝小僧《ひざこぞう》がふたつ並んでいる。

やっと疑問が明確になる。

――この子だれ？

口を開こうとした瞬間、女の子が先に喋《しゃべ》った。

「あの……ここの社員の人ですか？」

「……そうだけど？」

寝起きだから、よけいにぶっきらぼうなしゃべり方になってしまう。もともと愛想がいいとは言えないのに。

女の子はぱっと笑った。

「よかった。段ボールにくるまっているから、なんか困った人が入り込んだのかと思った。起こしてしまって、ごめんなさい」

その声を聞いて、警戒心が少し緩んだ。しゃべり方と言葉遣いはまともだ。

あなたこそ、だれなの？　と聞きかけたとき、くるみの目は女の子の背後に止まった。そこにあるものを見て、疑問は氷解した。

掃除道具のたくさん載ったワゴンと、業務用の掃除機。つまりこの子はこのビルの清掃作業員なのだ。格好はあまりそうとは思えないが。

女の子は立ち上がると、雑巾《ぞうきん》とスプレーをワゴンから取りだした。

「もしかすると、うるさくするかもしれないけど、ごめんなさい。なるべく邪魔しないようにするので、寝ててくださいね」

　そう言ってから、彼女は机を拭《ふ》きはじめた。散らかっているものは、さっと隅に片づけて、でも不必要に触れることはしない。机が終わると、今度はゴミ箱のゴミを集め、シュレッダーの中のゴミまで回収する。

　その後は窓。小さな脚立を使って、さっさと拭きあげていく。

　——手際がいいなあ。

　くるみは、驚きながら彼女の手順を眺めた。学生バイトかなにかだと思ったが、そうではないのかもしれない。もしくはバイトでも、経験が長いか。

　思わず、くるみは尋ねた。

「この仕事、長いの？」

　窓を拭きながら、女の子が振り返った。

「三年くらいかなあ。高校生の時バイトしていた時期も入れたら五年くらい」

　十代に見えたが、もうちょっと上らしい。それにしても、高校生の時から掃除のバイトをするなんて、少し変わっているような気がする。

　窓が終わると、今度は洗い場に積み重ねてあった灰皿の灰を捨て、きれいに洗っている。頭のお団子が、彼女が動くたびに楽しげに揺れている。

今度は女の子のほうが、こちらを向いた。

「お仕事忙しいんですか？　泊まり込むくらい」

「そうじゃないけど……、終電逃して、タクシーで帰ろうとしたら、お財布なくしたことに気づいちゃって、仕方なくここに寝たの」

女の子は、うわあと小さな声を上げた。

「大変でしたねえ」

「まあね。九時になったらカード止めてもらわなきゃ」

固いソファで寝たせいか、背中が痛い。くるみは大きく伸びをした。身体が冷え切っているし、疲れもまったく取れていない。

「あーあ、せめてお風呂でも入れたらなあ」

独り言のようにそう呟くと、女の子がもう一度振り返った。

「歩いて十分くらいのところに銭湯ありますよ。朝も六時から九時までやってますし」

「え、本当？」

このビルに鹿原企画が引っ越してきて一年以上経《た》つが、それは知らなかった。

「本当です。わたしもときどき、仕事が終わった後、汗流して帰るんです」

お風呂と聞いて、喉《のど》が鳴った。せめても熱いお風呂に入れたら、少しはこの重い身体も楽になるだろう。

だが、すぐに落胆する。くるみは今、一文無しなのだ。こんなことならば、引き出しの中に千円ぐらい隠しておけばよかった。

だれかが出勤してくるまで待てば、銭湯は閉まってしまう。くるみは、しばらく考えた。常識的に考えると、ここはあきらめるしかないだろう。けれど、今お風呂に入れるか入れないかで、今日一日のつらさはまったく変わる。

くるみは、決心すると女の子に近づいた。そして手を合わせる。

「ごめんなさいっ。もし、嫌でなかったらお風呂代貸してくれないかなあ」

女の子の目が丸くなる。

幸いにも、女の子はすぐに貸してくれた。しかも細かいのがないと言って、千円。この千円は、本当にありがたい。千円あれば、お風呂に入ったあとに、ウーロン茶の一本も飲めて、その後、朝食のおにぎりも買える。

「ごめんなさい。絶対に返すから。ね、名前教えて？」

自分が女でよかったと、くるみはしみじみ思った。もし、自分が男ならばどう考えてもナンパである。

女の子は、にこにこ笑いながら名前を教えてくれた。

「キリコです。名字は梶本《かじもと》。でもみんなキリコって呼ぶから」

くるみは、自分の名刺を渡した。携帯番号も書いてあるから、少しは信用してもらえるだろう。名刺を見たキリコは小さく首を傾《かし》げた。

「くるみさんって、素敵なお名前ですね」

「少女趣味で、ちょっと苦手なのよ」

「素敵ですよ。簡単には割れないくらい強い殻《から》があって、でも、地面に撒くと芽吹いて、いつかは大きな樹になるんだもの」

はっとした。今まで、名前の響きの可愛さにばかり違和感を覚えていた。でも、よく考えたら、くるみというのは、あの木の実の名前なのだ。茶色で、ごつごつとして、愛想のない外側の。

くるみはくすりと笑った。そう考えたら、それほど自分に似合わない名前でもないのかもしれない。

「ありがとう。絶対返すから」

くるみはキリコにそう言うと、事務所を出た。銭湯の場所はキリコに地図を描いてもらったのだ。

銭湯を探し当て、お湯につかると身体の疲れと冷えが、ほどけるように消えていく。心地《ここち》よさにためいきをつきながら、くるみは考えた。

――いい子じゃない。格好は変だけど。

事務所に帰ると、キリコはもういなかった。今まで、出勤したら事務所がきれいになっているのは、当たり前のことだと思っていた。

明日から、きれいに拭かれた机を見るたび、くるみはキリコのことを思い出すだろう。

十時頃、警察から、財布の件で連絡があった。落ちている財布を届けてくれた人がいたのだ。現金はすべて抜かれてしまっていたが、幸いなことにキャッシュカードやクレジットカードには手をつけられていなかったし、預金も引き出されていなかった。

その日、仕事が終わって帰る前、くるみは千円札を封筒に入れ、テーブルに置いた。「キリコちゃんへ、どうもありがとう」と書いたメモを置いて、風で飛ばないように空の湯飲みで押さえた。

次の朝、出勤してみると、封筒は空になっていた。そして、封筒の隅に、丸っこい字でこう書いてあった。

「くるみおねえさん、たしかに受領しました。キリコ」

名前で呼ばれることが、嫌だと思わなかったのは、はじめてだった。


電話を取った宮前ゆり子が、くるみの方を向いた。

「ぽんちゃん、電話。吉上の落合さんから」

机に突っ伏したくなるのを堪《こら》えて、くるみは電話を取った。

「くるみちゃん、おはよう」

うるさいよ、と心で呟きながら、くるみは明るく答えた。

「おはようございます。落合さん」

「次の企画会議が十五日に決まったから、それまでに企画書頼むね」

もちろんスケジュールが決まっていることだから、そろそろというのはわかっていた。しかし、肩がずん、と重くなる。

「了解しました。それではまた企画書ができましたらご連絡しますね」

くるみはそう言って電話を切った。

隣に座っていた小柴が、くるみの方を向いた。

「なあに、もう『いきいきだより』の時期なの。気が重い」

「そうよ。これから心のシャッターを下ろさなきゃ」

「いきいきだより」というのは、吉上製薬が隔月で出しているPR誌である。部数も予算も多く、これが鹿原企画のいちばん大きな仕事であることは間違いない。

それでも、だれもがこの仕事を嫌っている。

取材や執筆や、その後版下を作ったりしているときはいいのだ。いちばん気が重いのが、企画書作りとその後なのだ。

「いきいきだより」の主な内容は、薬や健康に関する記事、健康にいい料理のレシピなのだが、目玉になっているのが著名人へのインタビューと、エッセイである。毎回、エッセイとインタビュー、各ひとりずつの著名人に登場してもらわなければならない。

しかも吉上製薬の広報課は、毎回企画書を提出させ、そこにインタビューとエッセイに登場する有名人の候補を、それぞれ五人ほどあげることを要求した。そして、吉上製薬のお偉いさんたちが、その企画書を読んで五人の中でだれにするかを決定するのだ。

一見、それほど不自然ではない流れのようだが、そうするためには、くるみたちは、毎回十人の有名人にアポイントを取って、仕事を受けてもらうようにお願いしなければならない。候補にあげたはいいが、実際断られたということがあってはならないのだ。

そして、お偉いさんたちが、その中で実際に仕事を頼む人を決めた後、今度はほかの八人に断りの連絡を入れなければならないのだ。

しかも吉上製薬は、かなりランクの高い有名人を候補の段階から揃《そろ》えることを要求してくる。作家なら、大きな賞を取っているか、顔をだれでも知っているような人。俳優や歌手も似たような感じだ。少し落ち目になった人を選ぶと、かならずクレームがきた。

つまり、たいていそういう人たちは忙しいのだ。忙しい人たちの予定を、必死になって押さえて、その後、八割の人にはこちらから断る。こんな仕事を楽しいと思える人がいるだろうか。

企業のPR誌なのだから、著名人に仕事を依頼すること自体は仕方のないことだと思うし、ギャランティもそこそこ高い。

だが、候補の中から、お偉いさんが会議で決定するというシステムに、くるみはどうしても不快感を覚えるのだ。

たとえば、ほかにも似たようなPR誌をやっていて、そこにも有名人のインタビューを載せるが、そこの場合は、アポイントを取らずに何人かの候補をあげる。その中から企業の担当者が優先順位を決め、その優先順位の順に、鹿原企画でアポイントを取っていき、引き受けてくれた人に仕事を依頼するのだ。

このシステムならば、一度依頼をしてから、断る必要もなく、仕事を依頼した人を不快な気分にさせることはない。一度、落合にこのシステムを提案してみたが、にべもなく却下された。

吉上製薬のお偉いさんたちにとっては、自分たちが決定権を握っているということがなによりも重要らしい。

この仕事は、主にくるみと、小柴の担当である。来栖も執筆は担当することもあるが、アポ取りなどはふたりに任される。

一度、小柴とふたりで、社長に直談判《じかだんぱん》したことがある。

スケジュールがきついことは我慢できる。だが、どうしてもこの仕事のやり方に、くるみたちは納得することができなかった。なによりも、失礼だと思った。忙しい人のスケジュールだけ押さえておいて、こちらで勝手にふるいにかけて断る。実際に、ひどく立腹されたこともある。自分が同じ立場でも嫌な気分になるだろう。

そう抗議したとき、鹿原社長は、煙草の煙を吐いて、こう言った。

「そういうときは、心のシャッターを下ろすのよ」

「シャッター？」

「そう、相手がどう考えるか、腹を立てるんじゃないか、失礼なんじゃないかなんて考えないのよ。だってそうでしょう。商売人が、相手の財政状況を気にする？嫌ならば相手には断る権利があるんだから。そうでしょう？　たとえ相手が財布の中に一万円しか持っていなくても、その一万円を出させてものを売る。プロなんてそういうものよ」

くるみと小柴は絶句して顔を見合わせた。

「うちの取引先は、お金を出してくれる企業よ。インタビュー相手の有名人なんて、掃いて捨てるほどいる。そんな人に気を使って、実際のスポンサーである企業の機嫌を損ねるなんて馬鹿みたいでしょう。もっとプロ意識を持ちなさい」

鹿原は小気味よく言って、自分の仕事に戻った。鹿原麻美はライターでもあり、原稿も書く。

そのときから、くるみと小柴は、吉上製薬の仕事をするとき、合い言葉のようにこう言う。

シャッターを下ろさなきゃ、と。

だが、くるみのシャッターはいつも半分くらいで引っかかって、それ以上は下りようとしない。罪悪感と不快感は、その隙間《すきま》から堂々と出入りしている。

文章でなにかを表現することが好きだった。繊細な心のひだを描いた文章を読むと、胸が切なく締め付けられるような気がした。そんな気持ちでこの仕事を選んだのに、心のいちばん柔らかな部分に蓋《ふた》をして、なにも感じないようにすることが重要だと言われるとは思わなかった。

世の中は嫌になるほど皮肉だ。


事件が起こったのは、「いきいきだより」の校了が終わり、鹿原企画がひといきついていたときだった。

鹿原社長が時間になっても出勤してこなかった。珍しいことだから、電話をかけてみたが、携帯にも出ない。不安には思ったが、大人のことだし、仕事も忙しくはない。社長にどうしても連絡を取る必要もなかったから、そのままにしておいた。

だが、二日、三日と連絡のない欠勤は続く。鹿原社長は三年前に離婚してから、ひとり暮らしだ。近くに住む身内もいないはずだし、もし、事故かなにかがあったら、だれも気づかないかもしれない。

みんなでじゃんけんをして、来栖と宮前が社長の自宅に行くことになった。小柴とくるみは事務所で待機だ。

たぶん、なんともない。急になにか理由ができて出勤できないだけなのだ。そう言い聞かせてみても、重苦しい不安は消えない。

三日前、最後に社長と話をしたのは、くるみだった。

その日、社長は五時過ぎに、一度事務所を出た。彼女は仕事を自宅に持ち帰ることもあったから、早く帰ることは珍しくはない。だが、その日は、十時頃に事務所に戻ってきたのだ。

事務所にはそのとき、まだ四人とも残っていた。仕事はそれほど忙しくなかったが、なんとなく、毎日終電ぎりぎりで帰るのが癖になっていて、だらだらと急ぎでもない仕事をやっていたのだ。

社長は、事務所に入ってきてこう言った。

「やあね、みんなまだ残っているの？」

宮前が苦笑しながら言った。

「なんか、遅く帰るのが当たり前になってしまっていて……」

「休めるうちに休んでおくのも、社会人の務めよ」

「そういう社長はどうしたんですか？」

来栖の質問に、社長は肩をすくめた。

「執筆に必要な本を、持って帰るのを忘れたのよ」

なんのことはない。社長だって、仕事をしていたわけだ。五人揃って、立派なワーカホリックかもしれない。

社長はその後、書庫に籠《こ》もりっきりになっていた。

最初に来栖が帰り、その後に小柴と宮前が帰った。最後になったくるみは、帰り支度を済ませると、書庫を覗いた。

社長は、まだ本棚から、本を引き出したり、しまったりしていた。どうやら、目当ての本が見つからないらしい。

「社長、わたしもそろそろ帰ろうと思うんですけど」

そう言うと、社長はこちらを向いて笑った。

「お先にどうぞ。戸締まりはしておくから」

「電気も消しておいてくださいね。煙草の火の後始末も」

念のために言う。社長は仕事に対しては有能だが、実は結構抜けている。

彼女は気を悪くした様子もなく頷《うなず》いた。

「やっておくわ」

そして、くるみは社長を置いて事務所を後にしたのだ。それが彼女を見た最後だった。そのときは、体調も別に悪くなさそうだった。

電話の音で、くるみは我に返った。小柴がおびえた目でくるみを見た。くるみは頷いて受話器を取った。

「はい、鹿原企画です」

「もしもし……」

消え入りそうな宮前の声がした。その声だけで背筋が冷たくなる。まだ、なにも聞いてはないのに。

だが、あきらかにその声はなにかがあったと告げていた。

「宮前ちゃん、どうしたの？」

「社長が死んでいるの……。どうしてかわかんない。でも、たぶん病気だと思う」

くるみは息を呑《の》んだ。受話器を持つ手が小刻みに震えるのがわかった。

結局、くるみたちも社長のマンションに向かった。

そのときはすでに警察がきていて、社長の遺体は運び出された後だった。

「このあと、検死をしますが、たぶん病死で間違いないと思います」

遺体には外傷はまったくなく、チアノーゼが出ていたという。

「鹿原さんは持病をお持ちでしたか？」

そう言われて、くるみは思い出した。社長は喘息《ぜんそく》持ちで、あまりに忙しいと発作を起こすことがよくあった。彼女がひとりだけ早く帰宅していたのも、なるべく休息を取り、症状を悪化させないためである。

それを話すと、警察官は頷いていた。喘息で亡くなる大人は、結構多いのだと彼は話した。

衝撃のあまり、しばらくは悲しいとも思わず、涙すら出なかった。社長が死んでしまったのだと、本当に理解したのは、警察が帰り、四人になったそのときだった。

小柴の整った顔が、いつの間にか真っ赤になっていた。指先が震えていた。くるみは、どこか冷静に、彼女はこれから泣くのだろう、と思った。だが、それと同時に、どうしようもない喪失感が、くるみを襲った。

いつもそばにいた人が、もうどこにもいないのだ。

小柴が啜《すす》り泣きはじめ、それにつられるように残りの二人も泣いた。くるみもいつの間にか泣いていた。声を出して泣いたのは、本当にひさしぶりのことだった。

夜になって警察から連絡があった。やはり、鹿原社長の死は、喘息による呼吸不全だという話だった。原因は、猫の毛だったという。

もともと、猫の毛にひどいアレルギーがあり、社長は猫を避けていたという。だが、その日、窓が開いていて、いつの間にか猫が部屋に入り込んでいたのだろう。それに気づかず、自宅に帰った社長は、喘息の発作に見舞われ、そのまま帰らぬ人となってしまったらしかった。

その後は、悲しみに浸る暇もなく、いろんな用が押し寄せてきた。

社長の身内は、叔母《おば》さんが九州にいるだけだった。その叔母さんは急いで東京に出てきて喪主を務めてくれたが、通夜や葬儀の手配は、ほとんど鹿原企画の四人でやることになった。社長のアドレス帳や、年賀状を探して、彼女の友人、知人に訃《ふ》報《ほう》を知らせ、それから葬儀社との打ち合わせをして、葬儀では受付や参列客への挨《あい》拶《さつ》をした。

パニックを起こしそうなほど忙しい日々が、やっと終わった。

だが、くるみたちはまだ困惑していた。鹿原企画は小さな有限会社で、社長の一存でなにもかもが決められているような会社だった。これから、どうすればいいのかわからないのだ。

　ともかく、なんとか事務所に出て、葬儀に参列してくれたり、献花や弔電《ちょうでん》を送ってくれた取引先に連絡して、礼を言わなければならない。それからその後も仕事を発注してくれる取引先があるのなら、このまま続けていくのがいいのだろう。

　四人で相談して、その結論に達した。どこまで行けるのかはわからない。すべての仕事の発注が途絶えてしまう可能性だってある。

　むしろ、その方がいいのかもしれないとすら、くるみは考えた。

　鹿原企画という車は、社長が運転していた。ほかの四人は助手席で、細々と立ち働いていただけなのだ。

　運転手がいなくなった以上、だれかが運転を代わらなければならない。だが、くるみを含めて、だれにもそんな覚悟はないのだ。

　運転手のいない車は、どこまで走ることができるのだろう。


　その日、出勤したくるみは、驚いて足を止めた。

　事務所のドアの隣、非常階段に座っているのはキリコだった。ミニスカートから覗く膝小僧を揃えて、くるみの顔をじっと見ている。

「どうしたの？　キリコちゃん」

今は十一時だ。キリコの仕事はとっくに終わっているだろう。

彼女は立ち上がって、階段を飛び降りた。とん、と軽やかに着地した後、彼女はくるみの方に近づいてきた。

「社長さん、亡くなったって本当？」

くるみは頷いた。もう一週間になる。

「猫の毛のアレルギーで、喘息を起こしたって聞いたのだけど、本当？」

くるみはまた頷く。

「本当よ」

キリコの顔が険《けわ》しくなった。くるみは不思議に思う。どうしてキリコはこんなに怖い顔をしているのだろう。

「ねえ、くるみおねえさん、聞いて。嘘《うそ》でもなんでもないの」

彼女はすがるような目で、くるみを見上げた。

「いったい、どうしたの」

キリコは、唇を噛《か》んだ。一瞬、迷って口を開く。

「八日が、社長さんが亡くなった日だよね」

その通りだ。くるみたちが最後に社長に会ったのが七日の夜。社長の欠勤を不審に思い、訪ねていったのが十日。亡くなったのは七日の深夜から八日の朝だという話だった。

キリコは、くるみの目をまっすぐに見て話しはじめた。

「八日の朝、いつものようにここにきて、掃除したの。いつものように、机を拭いて、窓を拭いて、掃除機をかけて。掃除が終わって、掃除機のゴミを捨てようとしたら、紙パックの中に、いっぱい猫の毛が詰まっていたの。そんなこと、今まで一度もなかったのに……」

くるみは茫然《ぼうぜん》と、キリコの顔を見つめていた。あまりにも信じられないことばだった。

「それって……どういうこと？」

「わかんない。でも、もしかしたら、社長さんはここで死んだか、もしくは発作を起こしたかもしれないと思うの」

背筋がぞっとした。それが本当なら、社長を運び出して、自宅まで連れて帰った人がいる。そのとき、社長は、発作に苦しんでいたか、でなければ死んでいたかもしれないのだ。

いや、それだけではない。もしかしたら、社長が発作を起こすようにだれかがし向けたかもしれないのだ。猫の毛を、事務所にばらまいて。

足がガタガタと震えた。考えたくない。聞かなかったことにしたいと思った。

社長が、殺されたかもしれないなんて。

背が高く、きつめの顔をしているせいか、くるみはよく人に「落ち着いている」と言われる。「頼りがいがありそうだ」と言われたこともある。

でも、本当は全然違うのだ。思いもかけないことに出会うと、すぐにパニックを起こしてしまう。

今だってそうだ。

キリコは、くるみの反応を待つように、大きな目を見開いてくるみを見上げている。

だが、なんて答えればいいのかなんて、わからない。

社長が殺されたかもしれないなんて。

いや、殺されたというのは、あまりにも早急な結論だ。わかっているのは、社長が自宅で猫の毛によるアレルギーで、喘息の発作を起こして死んでいたということ。

そして、その日、事務所に大量の猫の毛が落ちていたということだけなのだ。

しかし、その猫の毛が、社長の死にまったく無関係とは考えにくい。だいいち、事務所で猫なんか飼っていないし、猫が出入りしているところも見たことない。

特に七日なら、くるみはずっと事務所でデスクワークをしていた。野良猫が紛《まぎ》れ込んでくればわかるはずだ。

くるみがなにも言わないので焦《じ》れたのか、キリコがまた口を開いた。

「どうしよう。警察に話した方がいいと思う?」

くるみは迷った。もちろんそれが本当なら、警察に話すべきことだ。だが、その一方で、そこまでする必要はないと思いたかった。

もし、その猫の毛が、社長に喘息の発作を起こすために仕組まれたのだとしたら、だれかが社長を殺したいほど憎んでいたことになる。

そう考えて、くるみは気づいた。そして、その人間は、鹿原企画のだれかかもしれないのだ。

あのとき、社長がたったひとりで事務所に残っているということを、知ることができたのはだれだろう。外部の人間のはずはない。いちばん最後まで一緒にいたのはくるみだが、自分がなにもしていないことは、自分でわかっている。そして、ほかの三人なら、帰るふりをしてどこかで見張っていることができたはずだ。そして、くるみが帰るのを確認できれば、あとは社長がひとりになることがわかる。

そのことに気づいて、茫然としているうち、別の恐怖も背中を這《は》い上がってくる。もしかして、自分が疑われたりはしないだろうか。あのとき、最後まで社長と一緒にいたのはくるみなのだ。冷静に考えれば、くるみがいちばん怪しいことになる。

激しくなる胸の動悸《どうき》を必死に落ち着けながら、くるみはキリコに尋ねた。

「その、猫の毛って……」

「捨てちゃった。だって、そんなことが起こっているなんて知らなかったんだもの」

当然だろう。くるみたちが社長の死を知ったのも、十日になってからなのだ。八日の朝の時点で、キリコが知っているはずなどない。

「おかしいな、とは思ったの。だって、今まで猫の毛なんて少しも落ちていなかったし。だれかが連れてきたのかも、とは思ったけど、一日で抜ける量にしては多かった」

「わかるの？」

「うん、わたしも猫飼っているから。ブラッシングを長い時間やってもあんなには抜けないよ」

だとすれば、ますます怪しい。だが、どうすればいいのか、くるみにはわからない。

「おねえさん、どうしよう……」

助けを求めるように、キリコがくるみを見上げる。くるみは混乱する気持ちを落ち着けて言った。

「少し待って。ほかの社員にそれとなく探りを入れてみるから」

キリコの携帯番号を教えてもらい、その日は別れた。

とりあえず電話番号さえ聞いていれば、キリコに会うために、早朝から出てくる必要はない。キリコには、以前名刺を渡したから、くるみの電話番号は知っているはずだ。

「明日の朝には電話をするから、それまで少し待って」

そう言うとキリコは素直に頷いた。

実は、くるみには気にかかっていることがある。というのも、くるみ以外の三人の社員は全員、猫を飼っているのだ。ひとり暮らしの女性と猫というのは、相性がいいのだろうか。くるみも、猫は可愛いと思うけど、今まで生き物を飼ったことがないから飼いたいとまでは思わない。

彼女らはいつも、猫の写真を持ち歩いて見せ合っていた。彼女らは、社長が猫の毛にアレルギーを持っていたことを知っているのだろうか。

出社してきた宮前に、くるみは尋ねた。

「宮前ちゃん、社長が猫アレルギーだって知ってた？」

「知ってたよ」

彼女は即答した。

「だから、みんな出勤前は、ガムテープで服に付いた毛を取ってから家を出るようにしてたんだもの」

だとすれば、知らなかったのはくるみだけだったようだ。

「まあ、別にそれでなにか言われたことはなかったけど、でも、猫を飼っている家に行くと、気分が悪くなると言ってたから、やっぱり気を使うよね。特に、うちの子長毛種で、抜け毛がものすごいから、さ」

そういえば、宮前から見せてもらった写真には、ふわふわした綿菓子みたいな猫が写っていた。

「そっか、大変だったね」

「でも、小柴ちゃんは、たしか二ヵ月前に猫が家出しちゃったたって言ってた。そのことで来栖さんとちょっと険悪なムードだったたし」

くるみは首を傾げた。どうして、小柴の猫が逃げたからって、来栖と険悪になるのだろうか。

くるみの疑問に気づいたのか、宮前は続けた。

「来栖さんが、猫を探すための貼《は》り紙を作ってあげたんだけど、小柴ちゃんが貼らなかったらしいのよ。それで来栖さんが怒って……ほら、彼女は結構モラリストだから、いいかげんな探し方しかしない小柴ちゃんに腹が立ったんじゃないかな。小柴ちゃんは気楽だから、『きっとどこかで可愛がられているよ』とか言っていたけど」

「ふうん……」

三人が猫の話をしていることはよくあったが、くるみには興味のない話だから聞き流していた。

しかし、これでわかった。三人のうち、だれかが、こっそり猫を事務所に連れてくることはないはずだ。みんな社長のアレルギーのことを知っていた。もちろん、悪意があれば別の話だが。

ふいに電話が鳴った。宮前が受話器を取る。

少し前までは、お悔やみの電話が鳴りっぱなしだった。やっと落ち着いてきたところだった。

あ、はい、お世話になります、と言いながら、宮前はくるみに目で合図した。お茶を淹《い》れようと思っていたが、椅子に座り直す。

宮前は、受話器をくるみに差し出した。

「吉上の落合さんから」

それを聞いて、憂鬱《ゆううつ》な気持ちになりながら受話器を受け取った。

「本田です。お電話替わりました」

「やあ、くるみちゃん、大変だったね」

「はい、葬儀の時はありがとうございました」

参列してもらった礼を言う。

「ところで、『いきいきだより』の企画会議が来週なんだけど、どうかな」

はっとしてカレンダーに目をやる。すっかり頭から抜け落ちていた。

「はい、来週の何曜日ですか？」

「水曜日だけど、今週の金曜までに企画書をもらえる？」

少しむっとする。水曜日なら、来週火曜日までに渡せば充分ではないか。

もちろん、そんなことを口に出す勇気はないのだが。

「わかりました。それでは金曜日までに頑張ります」

くるみがそう言うと、電話の向こうで落合が笑った。

「くるみちゃーん、本当に頑張ってよ。うちの部長がさ、『社長がいなくなった編プロなんかにまかせて大丈夫か』と不安がっていたのを、ぼくが説得したんだからさ。いい企画あげてよ。ぼくに恥を掻《か》かさないように」

ねちっこい口調に、思わず、受話器を耳から離してしまう。

「はい。ご満足いただけるように頑張ります」

それでも声だけはにこやかに応対できるようになった自分が、頼もしいのか情けないのかわからない。

受話器を置いて、ためいきをつく。いつの間にやってきたのか、小柴が顔を覗きこんでいた。

「また、吉上？」

「あたり」

こめかみのあたりがきりきりと痛む。今日中にリストを作って、アポイントを取り始めなくてはならない。

「ま、それでもまだ仕事を頼んでくれるだけ、ありがたいと思わなきゃならないかもね」

たしかに何社かの取引先は、遠回しに仕事を断ってきた。「そちらも今は大変でしょうから」と言っていたが、ごたごたする前に、手を引きたいというのが本音だろう。

「わたしたち、本当にどうなっちゃうのかなあ」

小柴が小さく呟いた。くるみだって、それを知りたい。


キリコには電話で、「社員の中で、猫を連れてきたような人はいなかったようだ」と伝えた。それを聞いて、彼女は「警察に行く」と言った。

警察。そのことばを聞くと、胸がぎゅうっと縮まった。

できることなら、もうそっとしておいてほしいとさえ思った。この先、どんな大事になるか考えただけでもつらい。

だが、社長をだれかが殺したのだとしたら、殺人者はその報いを受けるべきだと思う。彼女は多少、おおざっぱで鈍感なところはあったけど、頭がよく、さっぱりとした女性だった。たとえ、どんな動機があったとしても、彼女が殺されていいはずはないのだ。

そんなことばかり考えていたら、仕事がほとんど手につかなかった。

やっとのこと、リストを作ったときには十時を過ぎていた。もちろん、ほかの三人は先に帰ってしまっている。ためいきをついて、帰り支度をはじめたときだった。

「くるみおねえさん」

いきなり声をかけられて、振り返る。ドアからキリコが顔を覗かせていた。表情が暗い。

「キリコちゃんどうしたの？　仕事は朝なんじゃないの？」

「そうなんだけど……少しお話ししていい？」

頷くと、細い身体をするりと、ドアの隙間から滑り込ませた。

「今日、警察に行ってきたんだけど、全然相手にしてもらえなかった」

「え？」

嘘でしょう、と言いかけて飲み込む。キリコは目を見開いて頷いた。

「でも、仕方ないのかも。猫の毛は捨てちゃったし、もう病死で片づいてしまって、お葬式も済んでしまったし……警察を騒がせたくて嘘をついたと思われたみたい」

ことばを疑われたせいか、彼女の顔は暗い。

「でも……そんなことって……」

もしそれが本当なら、人の命に関わることなのに、調べもしないで嘘と決めつけるなんて、あまりにもひどい。

キリコは小さくためいきをついた。

「嘘なんかついていないのに……、調べてもらって、それで関係ないことがわかれば、それでいいのに」

数秒後、猛烈に腹が立ってきた。死んだのは、尊敬していた自分の上司なのだ。その死の真相が、簡単に握りつぶされてしまうなんて。

くるみは頷いた。そして呟く。

「決めた」

「え？」

きょとんとするキリコに、くるみは言った。

「わたしが、探す。そして見つける」

本当はなにが起こったかを。

なぜか、胸の中に詰まっていた鉛の玉が、土石流で流されてしまったようだった。

二十四時間営業のファミリーレストランで、キリコと相談をすることにした。そこまでの五分ほどの道のりを、くるみは大股《おおまた》でのっしのっしと歩いた。

キリコはきょとんとした顔で、それでもくるみの後ろをついてきた。キリコにとっては、もしかしたら迷惑な話かもしれない。だが、悪いが最後までつきあってもらう。彼女の証言がいちばんの鍵なのだから。

キリコはいきなり小走りになって、くるみの横に並んだ。

「くるみおねえさんは、わたしのこと疑わないの？」

「疑う？」

「嘘をついているかもって、思わない？」

考えてみれば、たしかにその可能性もあった。だが、なぜかくるみには、キリコが嘘をついているとは思えなかった。人をだまして、陰で喜ぶような子だとは思えない。

彼女のことは、ほとんど知らない。名前と清掃作業員をやっているということだけ。

でも、彼女と交わしたことばとか、やりとりには、濁《にご》りも澱《よど》みもなにもなかった。冷たい水が、掌《てのひら》からこぼれていくような、そんな感じ。自然に、どこにも引っかからずに流れていく。

こんな印象を受ける人が、本当は嘘をついていたり、気持ちを偽っていたりすることなどないと思う。

今まで、トラブルを起こした人には、かならずその予兆のようなものがあった。なにかが少し引っかかるのだ。

そこまで考えた後、くるみは口を開いた。

「思わないよ。キリコちゃんは嘘をついていない」

キリコは首を傾げて、そして笑った。

「キリコちゃんこそ、もしかしたら、わたしが社長を殺したんだとは思わない？」

無邪気にくるみに相談してきた彼女の方が、不思議だと思う。だが、キリコは首を横に振った。

「くるみおねえさんだけは違うよ」

「どうして、そう思うの？」

「だって、くるみおねえさんは、わたしのことを知ってたじゃない」

言われている意味がよくわからない。なぜ、キリコのことを知っていたら、社長を殺したのではないと言い切れるのだろう。

「くるみおねえさんだったら、猫の毛を絶対に掃除したはずだから。わたしが毎朝、掃除機を床にかけることを知っているんだもの」

キリコは強い視線で、くるみを見上げた。

「掃除をしている人ってね、知らない人には見えないんだよ」

言われてたしかに気づく。キリコと会う前には、毎朝職場がきれいになっていることなど意識すらしなかった。理屈ではわかっていたかもしれないけど、意識の外へ置いていた。

くるみが納得したことに気づくと、キリコは頷いた。

「だから、この事件はわたしが見えていない人が起こしたものなの」

深夜のファミリーレストランは、遊びに疲れた若者や、仕事帰りのサラリーマンたちでごった返していた。

禁煙席の片隅、二人がけの席で、キリコとくるみは向かい合って座った。

キリコは、くすんだピンクのベビードールワンピースを着ていた。ほんのちょっと黒いレースがついているだけでそれほど派手ではないが、まるで人形みたいに可愛い。掃除をしているときは、てっぺんでお団子にしていた髪が、肩のあたりで柔らかくカールしている。

ほかの席の客たちからは、くるみたちはどんなふうに見えるのだろうと思う。年の離れた、似ていない姉妹か。同じ職場の先輩、後輩にすら見えないだろう。くるみは、くたびれたジーンズとダンガリーシャツだ。

取材や打ち合わせがあるときは、スーツを着るが、今日はデスクワークだけだった。

キリコは、斜めにかけていた鞄の中から、ごそごそとノートとボールペンを取り出した。

「おねえさんの会社の人たちのこと、聞いていい？　わたし、全然知らないから」

「あ、うん……」

少し口籠《くちご》もりながら、ノートを広げるキリコに尋ねる。

「鹿原企画のだれかが、関わっていると思う？」

キリコはボールペンを顎《あご》に当てて、上目遣いにくるみを見上げた。

「わからないけど……もし、事務所にあった猫の毛のせいで、社長さんが亡くなったのだとして、それをだれかが悪意を持って持ち込んだのだとしたら、まったく事務所にきたことがないという人の可能性は少ないと思わない？」

「社長が、みんなが帰った後に、だれかを呼び出したとか……」

「うん、その可能性もあるかもだけど」

キリコはノートに、警備員、という文字を書き込んだ。

「それについては、明日警備員さんにでも、それとなく聞いてみる。夜は社員通用口しか開いていないから、見かけない人が入ってきたら気づくだろうし」

そうだ、通用口があった。たしか、通用口では社員証を持っていないと、記名を求められるはずだ。そうなると、やはり内部の人間以外の可能性は低いことになる。

「でも、もしかすると、ピザ屋さんとかの出前のふりをして、中に入ることもできるかも。記名帳には嘘を書いても、警備員さんにはわからないんだし」

ウエイトレスが注文を聞きにきた。ふたりともコーヒーを頼む。

コーヒーはすぐにきた。くるみは砂糖を入れながら、キリコに言った。

「じゃあ、鹿原企画のことを話すね。ライター兼編集が、わたしと、小柴博美、来栖尚、デザイナー兼編集が宮前ゆり子。それと……社長」

殺された、と言いかけて、くるみはそれを飲み込んだ。社長の笑い顔が目の前に浮かんだのだ。ときどき、歯に口紅がついていたりして、おせじにも繊細な人とは言い難かったけど、いい人だった。

キリコもそれに気づいたらしく、下を向いてうなだれた。くるみはあわてて笑顔を作る。

「うちの会社は、五年ほど前に社長が起業したの。最初は社長ひとりで、それから今はもう辞めた社員がふたり入って、その次に入ったのがわたし。三年前かな」

求人雑誌のライター募集広告を見て、連絡を取ったのだ。もともと普通のOLをやっていたけど、どうしても書く仕事につきたかった。経験がないからといって、何社にも断られたけど、鹿原社長は笑って言ってくれた。だれでも、最初は未経験者だと。

「その後、宮前さんがデザイナーとして、わたしのすぐ後に入ったの。それから来栖さん。彼女は社長の大学の後輩で、ゼミの教授を通じて、以前から知り合いだったそうなの。いちばん最後に入ったのが、小柴さん」

「ふうん……」

キリコは、ノートに名前を書き付けていった。宮前ゆり子と書いた横に、ぐるぐると丸を書く。

「宮前さんって、どんな人？」

「えーと、少しおっとりした感じの人。帰国子女で高校までアメリカにいたそうだけど、あんまり押しは強くないかな。聞かれたら、自分の意見ははっきり言うけど」

ちなみに、どんなに忙しいときでも彼女にライターの仕事は頼めない。日常会話ではなんの不自由もないが、彼女は考えるときは英語なのだそうだ。だから、文章を書くのは苦手だし、小説などを読むのもあまり得意ではないと言う。もちろん読めるが、娯楽として楽しめる感じではないらしい。

そう言うと、キリコの目がぱっと輝いた。

「もしかしたら、『敬語の使い方』とか日本語の辞書がたくさん本棚に並んでいる机の人？」

「あ、そうそう。それは宮前さんの机」

そういえば、彼女は毎日鹿原企画を掃除している。自然とそんなものも目に入るだろう。

「ダイジェスティブビスケットが好きな人だよね」

「え、どうして?」

たしかに宮前はよくビスケットを食べている。だが、聞いてすぐ、キリコがそれを知っている理由に思い当たる。

「ゴミ箱にパッケージがよく捨ててあるから?」

「あたり」

鹿原企画ではそれぞれの机の下にゴミ箱がある。わざわざ人の机にゴミを捨てることはないから、キリコには相手の一部がわかってしまうのだろう。

キリコは、首を傾げて、次に来栖と書いた横に丸をした。

「この人は?」

「来栖さんは、わたしと同い年で、宮前さんと小柴さんよりはふたつ年上。明るくにぎやかだけど、意外に本が好きで、いつも小説を読んでいる。鹿原社長とは国文科出身同士でいつも文学の話をしていた」

「猫が好きな人?」

「そうだけど……」

今度はどうしてわかったのだろう。考えてみて、気づく。来栖の机には読みかけの小説本がいつも置いてある。そして、飼い猫の写真が三枚も貼ってあり、座布団の柄も、ボールペンについたマスコットも猫だ。

キリコは、小柴という字を四角く囲った。

「じゃあ、小柴さんって、エルメスの手帳持っている人だよね」

「あたり」

キリコにはかなわない。たしかに消去法で行くと、残りの机の持ち主が小柴であることはすぐにわかるだろう。社長の机はすぐにわかるし、彼女はくるみの机を知っている。

小柴は、普段からエルメスの手帳を愛用していた。ときどき、机に置き忘れて帰るからキリコも気づいたのだろう。財布やバッグなども、いかにも高そうな上品なものを愛用しているが、これは、彼女が事務所にいるときにしか机に置かれない。

キリコは、ボールペンで、ノートをつついた。

「小柴さんって、ここ二ヵ月ほどで身辺に変わったことがあった？」

「え、変わったことって？」

「恋人と別れたとか、身内が亡くなったとか、そういうような……」

「聞いたことないけど、どうして？」

彼女はあまりプライベートなことを話さない。だが、不幸があればさすがに知らせてくるだろう。恋人もいないと、以前言っていた。

「なんか、ストレス溜《た》まっているみたいだったから」

「そんなことまで、わかるの？」

「断言はできないけど、ティッシュで作ったことよりがたくさんゴミ箱に捨ててあったり、メモ帳にぐるぐる丸ばかり書いたものが、何枚も捨ててあったりしたの。少し前までは、そんなものなかったのに」

そんなことは気づかなかった。くるみが鈍感なせいもあるだろうが、一緒に働いている人間ですらわからないようなことまで、キリコには見えるのかもしれない。

くるみは、今日宮前に聞いたことを思い出した。

「そういえば、猫が家出して、それで来栖さんとちょっともめたみたい」

そう言ってから、別の可能性にも思い当たる。

「それと……今、わたしと小柴さんがやっている仕事って、ちょっとストレス溜まるからさ。そのせいかも」

「どんなお仕事？」

キリコに聞かれるままに、くるみは「いきいきだより」の話をした。キリコは眉間に皺を寄せた。

「うわあ、それ、心が擦《す》り切れそう」

それを聞いて、くるみはなぜか声を出して笑ってしまった。

「そうよ。心が擦り切れるの」

擦り切れても、続けなくてはならないのだ。


落合から電話がかかってきたのは、金曜日のことだった。

「くるみちゃん、悪いけどさ。今回の企画書使えないよ」

企画書は昨日早めにメールしてあった。くるみは息を呑んで、受話器を握りしめた。

「まず、世界の健康情報だけど、ハンガリーなんて地味な国じゃなくて、アメリカとかイギリスとかイタリアとか、そういう派手な国にしてよ。なんかイメージがさえないだろ?」

「え……?」

世界の健康情報は、くるみの担当だ。だが、今まで、そんなことを言われたことなどなかった。今までもタイのマッサージ事情とか、中国のお茶に関するコラムとか、そんな情報について書き続けてきたコーナーで、評判もいい。今回は、温泉大国であるハンガリーについての資料もたくさん集めた。おもしろい読み物にする自信がある。

「それから、インタビューとエッセイだけど、面子《メンツ》がいまいちだな。ちょっとリストを作り直してくれる？　変えて欲しい人は線で消しておくから」

「今からですか？」

今日は金曜日だから、週末休まずに出勤しなければ、リストは作れない。

「そうだよ。水曜の企画会議に間に合うように……あ、そのまえにぼくがチェック入れるから月曜には欲しいな」

だんだん腹が立ってくる。だが、落合が満足できる企画書を作れなかった自分にも非があるかもしれない。

「それじゃ、これからファックスするから、頼むよ」

悩んでいるうちに電話は切れてしまった。

すぐにファクシミリが受信音を立てる。吐き出された企画書の写しを見て、くるみは目の前が暗くなるのを感じた。エッセイとインタビューを頼む有名人リストの中、名前の上に線を引いて消されているのは、ひとりやふたりではない。七人までもが、黒い線を引かれている。これなら、一から作り直すのとほとんど同じである。

隅に書かれた落合の字を発見した。

「もっと、今、旬《しゅん》の女優などを入れてください」

その後に、広告などの露出の多い美人女優の名前がいくつも並んでいる。くるみは唇を嚙んだ。

要するに自分の趣味ではないのか。広告などに出ているような女優はスケジュールがぎっしり詰まっている。企業のＰＲ誌などに、簡単に出てくれるような人は少ない。

世界の健康情報だって、その国が派手か地味かだなんて、今まで言われたことはなかった。中身のあるコラムを書くことだけが、要求されていたことだ。

そこまで考えて、はっと気づく。

舐《な》められているのだ。

今までは、鹿原社長がいた。たとえ、落合がスポンサー側で、強気に出られるとしても、もともと押しの強い社長相手ではそう簡単にいかない。特に「いいＰＲ誌を作る」という理由で押してこられたら、落合も引きさがるしかない。

だが、若い社員たちだけになってしまえば、好きなように口が出せる。たぶん、落合はそう考えたのだろう。

くるみは、しばらく唇を噛んだまま、送られてきた用紙を眺めていた。

心にシャッターを下ろしても、その隙間から痛みは忍び込んでくる。

完全に蓋をすることなんてできない。そうして心は擦り切れていくのだ。

くるみは、もう何度目かもわからないためいきをついた。あれから、喉が痛くなるほど電話を繰り返しているが、アポイントが取れたのはふたりだけだ。それだけではない。これが済めば、前回アポイントを取った人たちにも断りの電話をかけなければならない。それを考えただけで、胃がきりきりと痛む。

ふいに携帯が鳴った。手を伸ばすと、液晶に「キリコ」の文字が見えた。少し気持ちがなごむ。

「もしもし?」

「あ、もしもし、おねえさん?」

時計を見ると、夕方の六時。こんな時間のキリコはなにをしているのだろう。

今いい? と確認してから、キリコは話し出した。

「警備員さんに確認したら、あの夜は定時を過ぎてからのお客さんは、だれもなかったって言うの。ピザ屋さんすらこなかったって……。会社の人ですら、定時を過ぎて通用口から入ったのは、鹿原企画の社長さんだけだったって」

だとすれば、やはり、この鹿原企画のだれかがやったことなのだろうか。くるみの胸はずんと重くなる。キリコは話を続ける。

「それだけじゃないの。くるみおねえさんが帰った後、だれも通用口から出て行った人はいないって……社長さんですら」

「え……」

くるみは混乱して、受話器を強く握った。

「それって……どういうことなの？」

そんなことがあるはずはない。それが本当なら、くるみがいちばん怪しい人間だということになる。

「くるみおねえさん、落ち着いてね。そこ会社でしょう。だれにも聞かれないで」

キリコのことばに我に返って、くるみは椅子に座り直した。見れば、ほかの三人が不思議そうな顔でこちらを窺っている。

くるみは笑顔を浮かべて、「なんでもないのだ」というサインを送った。

電話の向こうでキリコが続ける。

「お願いがあるの。会社の三人の住所が知りたい」

「それは……簡単なことだけど」

くるみのアドレス帳に三人とものっている。書類を探すまでもない。

「メールで送ってくれないかな」

「わかった」

電話は切れた。くるみは、気づかれないようにメールを打った。

くるみの後にだれも会社を出なかったというのは、いったいどういうことなのだろう。なにも起こらなかったはずはない。事務所でなにも起こらなかったのなら、社長が通用口から帰っているはずだ。

社長が帰らなかったということは、なにかが起こったということなのだ。

だが、そうなるとくるみが犯人だとは思われないだろうか。

自分がなにもしていないことはわかるが、不安で仕方なくなる。くるみには、社長を殺す動機などなにもないのに。

気持ちを落ち着けるために、資料を探すふりをして、書庫に行った。

本棚をじっと眺める。くるみが最後に見た社長も、こんなふうに壁にもたれて、本棚から本を引き出していた。

書庫の本の半分以上は、もともと社長の私物だ。あまりに大量の本のせいで、床が軋《きし》んで下の階から苦情がきたせいで、事務所にすべて運び込むことにしたらしい。鉄骨のビルならばそう簡単に床は抜けない。

ふいに、くるみの頭にある疑問が浮かんだ。

――社長はあのとき、なんの原稿を書いていたの……？

しばらく忘れていたが、あのときは急ぎの仕事などなかったはずだ。そして、急ぎでない仕事も、すべて社員たちに割り振られていた。

くるみは、最後に見た社長が立っていた位置へと移動した。社長の本が収められている部分だ。ぎっしりと隙間なく並べられた本は、歴史関係が多かった。

下の方に、一冊分の隙間を発見する。ここにあった本を、社長が探していたのだろうか。

ふいに、書庫のドアが開いて、来栖が入ってきた。自分が作った業界新聞のバックナンバーを探しにきたようだ。

彼女は社長とプライベートでいちばん親しかった。くるみは思い切って口を開いた。

「わたしが最後に見た社長は、ここで本を探してたんだ」

来栖は顔を上げて、こちらにやってくる。くるみは彼女の顔を見ずに続けた。

「あのときは、あんなことになるなんてわからなかった」

「そうだね……」

今まで、必要なとき以外は社長の話をしないようにしていた。それでも来栖は、くるみの隣に並んで、本棚を見つめた。

「あのとき、社長はなんの原稿を書いていたんだろう。仕事じゃないよね」

「うん、仕事じゃないよ」

来栖はきっぱりそう言った。

「知ってるの？」

「うん。鹿原さんは、自費出版するつもりの原稿を書いていたはず。三島由紀夫に関する研究書で、お金にはならないだろうけど、彼女のライフワークだから絶対に本にしたかったみたい。あのときも、『葉隠』に関する本を探しにきたって言ってた。ぽんちゃんはちょうど、机を離れていたかもしれないけど」

ちょうど、仕事が一段落ついた時期だった。くるみなら、ひっくり返って寝たいところだが、彼女は自分の好きなものを書いていた。

いつだって、そんなふうに走り続けているような女性だったのだ。

ふいに、来栖がぽつんと言った。

「ねえ、このまま続けるとして、代表を決めないわけにはいかないよね」

「うん」

それはくるみも気づいていた。有限会社であることをやめて、単なるライターとデザイナー集団になることもできるが、それでは社長が今までやってきたことを、無にすることになる。

「わたし、ぽんちゃんが適任だと思うんだけど……いちばん古いしさ」

「いちばん古いだけだよ」

自分に代表なんて務まるはずがない。考えただけでも背筋が冷える。

「便宜上だけだよ」

「それでも、無理だよ」

「じゃあ、だれがやるの？」

来栖ちゃん、やりなよ、と言いたかった。だが、それでは、子供のころの班長の押し付け合いと同じことだ。

来栖はすっと背中を壁から離して、立った。

「ま、考えておいてよ」

彼女は笑うと、書庫から出て行った。くるみは深いためいきをついた。

心配事ばかりが増えていく。


その夜、くるみはキリコと会った。

先日のファミリーレストランで待ち合わせをした。彼女は、先にきて、この前と同じ席に座っていた。

今日は、細身のおへそが見えそうなほど股上の浅いジーンズと、鳥の羽のような薄い素材のブラウスだ。おへそに、小さな輪っかのピアスがあることに、はじめて気づいて、驚く。

会うたびに別人のように変わる女の子だ。よっぽどおしゃれすることが楽しいんだろうな、と思う。

——似合うからいいよね。

そんなふうに考えてしまうのは、自分の容姿に対するコンプレックスのせいだろう。それでもきれいにした女の子を見ていると、どこか楽しい気持ちになる。

くるみが座ると、キリコは真剣な顔をして身を乗り出した。

「実は、ひとつ気になっていることがあるの。証拠はなにひとつないんだけど……」

くるみは、動揺をごまかすためにメニューに手を伸ばした。

「やっぱり、鹿原企画のだれかが、殺したのかもしれないってこと?」

「そこまでは断言できない。でも、可能性は高いと思う」

メニューの上を目が滑る。夕食を食べていないから、なにかお腹に入れなくてはならないけど、食欲がない。

「わたしね。その人は車を利用したんだと思う」

「車?」

「そう、あそこの駐車場はビルの地下だけど、駐車場までは警備員室の前を通らずに行けるよね。だから、ぐったりとした社長さんを地下まで連れていって、自分の車の中に隠して、自分も車に隠れていたか、事務所のどこかに……たとえば書庫に隠れていたのかもしれない。そして、翌日、早朝に出社したふりをして事務所にいるの。通用口の警備員さんは、定時を過ぎて出て行く人や、朝早くやってくる人のことは覚えていても、ビルの中にいるはずなのに、出て行かなかった人、朝入ってこなかったのに、帰りには退社している人のことまでは、いちいち気づかないと思う。だいいち、社長さんが通用口から入ったのに、帰っていないことにすら気づかないんだから」

くるみは、メニューを閉じた。社長と最後に会った日の翌日のことを思い出す。

「でも、あの日の翌日、いちばん早くきたのはわたしだったと思う……」

「くるみおねえさんのところは、みんな出社時間が遅いから、正面玄関が先に開いてしまう。そうなると出入りは自由だよ」

くるみは驚いて、キリコをまじまじと見た。派手な格好から、あまりそうとは見えないが、彼女の頭の回転はかなり速い。

キリコはくるみをまっすぐに見つめた。

「車を使って通勤している人は？」

くるみは首を横に振った。

「社長だけ……」

たしかに社長の車は、自宅マンションの駐車場にあった。それを利用することは簡単だ。それに、社長の車が七日のうちに駐車場に戻っていたのか、八日まではこのビルにあったのか、だれも見ていないからわからない。

「じゃあ、免許を持っている人は？」

「宮前さんだけ持ってないけど、あとは三人とも……」

くるみもペーパードライバーだが免許は持っている。もう五年もハンドルには触れていないから運転しろと言われても怖くてできないが、身分証明書代わりに更新は続けている。

キリコは唇を噛んだ。

「証拠がないの。その人がやったと特定できることはなにも」

「キリコちゃん、もしかして、だれがやったかわかっているの？」

キリコは首を横に振った。

「そこまでは言えない。でも、社長さんを恨んでいた人がいるのはたしか。許せないと思っていた人がいるのはたしか」

くるみの喉が鳴った。息をひそめる。

「それはだれ？」

「まだ、言えない。もし違ったらその人に悪いから」

くるみは少し考え込んだ。明日は社長のマンションに行かなくてはならない。会社絡みの資料を、社長はかなり家に持ち帰っていた。その整理のために、鍵を預かっている。

こんなことをするのは、ほかの社員たちへの裏切りかもしれないと、ちらりと思う。けれども真実があるのなら、それを知りたいのだ。

くるみはおそるおそる言った。

「明日、社長の部屋に行くんだけど、一緒にくる？」

翌日、待ち合わせの駅に行って驚いた。キリコは大きなリュックを背負っていた。

「それなあに？」

尋ねても、彼女は恥ずかしそうにちょっと笑うだけだった。

電車の中で、くるみは昨日の来栖との会話をキリコに話した。代表になってほしいと言われていることも。

キリコは、少し首を傾げて、くるみを見上げた。

「おねえさんの気持ちもわかるけど、でも、だれかがやらなくちゃいけなくて、おねえさんがいちばん適任なんだったら、仕方がないんじゃない」

「でも……」

そんな自信はまったくない。くるみが口籠もったせいか、キリコはそれ以上なにも言わなかった。

社長の部屋に到着する。彼女がおもむろにリュックの中から引っ張り出したのは、なんと掃除機だった。

「そ、それ……どうするの？」

「掃除するの」

掃除機で掃除以外のことはできないだろうが、キリコがなにを考えているのかわからない。

彼女はコンセントに掃除機のプラグを差し込むと、本当に掃除をはじめた。

くるみは自分の捜し物に集中することにした。幸い、会社関係の書類はひとつの引き出しにまとめられていた。思ったより早く片づきそうだ。

しばらく経って、掃除機の音は止まった。だが、キリコはまだなにかをしているようだ。

ほとんどの書類は揃っているが、肝心の一通が見あたらない。くるみはためいきをついた。それと同時に、後方でもキリコのためいきが聞こえる。

「どうしたの？」

振り返って尋ねる。彼女は新聞紙を広げて、掃除機の紙パックの中身をあけていた。

「猫の毛はあるけど、ほんの少し。これぐらいの量なら社長さんの服についてきた分だと思う。もし、猫がこの部屋にいたのなら、もっとたくさん毛が落ちているはず」

それを調べるために掃除機を持ち込んだのか。

くるみは書類を繰りながら呟いた。

「やっぱり、警察に行こう。わたしも行けば、今度は聞いてもらえると思う」

警備員の、その日は社長が帰らなかったという証言もある。あの人は会社に泊ったことなど一度もない。それにキリコの推論が正しければ、車の中になにか手がかりが落ちているかもしれない。

やはり、一枚、必要な書類が足りない。ふと、椅子の上に、鹿原社長の鞄があるのに気づいて、それに手を伸ばす。中をあけてみれば、探していた書類はそこに入っていた。

ほっと胸を撫《な》で下ろす。人の家で、捜し物をするのは大変だ。

だが、次の瞬間、くるみは手を止めて鞄の中をまじまじと見た。

気配に気づいたのか、キリコがこちらを向く。

「どうしたの?」

「わかんない……」

鞄の中には本が一冊入っていた。「忍者と忍術」というタイトルのムックは、たしか書庫で見たことがある。それだけではない。先日、書庫で見た一冊分だけの隙間の横には同じシリーズのムックが並んでいた。

なんだか、不思議な気がした。社長が取りにきたのは、この本だったのか。

キリコがいつの間にか、くるみの後ろに立っていた。

「どうしたの、おねえさん？」

覗きこんだキリコの目が丸くなる。

「ねえ……それって！」

彼女の頰《ほお》にぱっと赤みが差した。なぜ、彼女がそんなに驚くのか、くるみにはまったくわからない。

キリコはまっすぐにくるみを見た。

「おねえさん、これからわたしが考えたこと、調べたことを話すね」

「こんな時間に呼び出すなんて、どうかしたの？」

事務所に行くと、小柴博美はすでにきていた。くるみは大きく呼吸をした。少しでも躊躇《ちゅうちょ》すると言えなくなりそうだった。だから考えないように口を開く。

「社長が許せなかった？」

振り返った彼女の顔は紙のように白かった。その顔でわかる。キリコの推測は当たっていたのだ。

小柴は、無理矢理のように笑顔を作った。

「なんのこと？　なにを言っているのかわからない」

「社長が許せなかったんじゃないの？　彼女のせいで、猫が逃げてしまったから。大家さんから聞いたわ」

彼女の顔が今度こそ青くなる。

キリコは、彼女の部屋がペット禁止のマンションであったことに気づいた。だからこそ、逃げた猫を探す貼り紙を貼れなかったのだ。

そして、キリコは大家に聞いて、知ったのだ。職場の上司だと名乗る人から、小柴がこっそり猫を飼っていることを、知らせる電話があったということを。

彼女の猫が逃げたのは、そのことを訪ねてきた大家と押し問答している間だった。

小柴は顔を背けて、呟いた。

「言いつけるなんて、ひどい。だれにも迷惑をかけていないのに……」

くるみは唇を舌で湿した。たぶん、そのことばは社長にも向けられたのだろう。

「社長はなんて言ったの」

「わたしみたいな猫アレルギーの人が、同じマンションに住んでいたらどうするの？　って。でも、そんな人いないもの。社長みたいな人が特殊なのよ」

「だから、猫の毛をこっそり、事務所にばらまいて仕返ししようと思った？」

小柴はきっと、くるみをにらんだ。

「そうよ。社長のせいで、あの子は死んだの。貼り紙を貼ることはできなかったけど、警察に届けたら、その後知らせてくれたわ。交通事故で死んだあの子が見つかったって。だから、少しくらい苦しめばいいと思った。まさか……こんなことになるだなんて……」

そう、殺意などはじめからなかった。ただの嫌がらせのつもりだったのだろう。

大人しい野良猫をブラッシングするなりして、毛をポリ袋いっぱいに集め、彼女はその爆弾をロッカーか机にしまい込んでいたのだろう。いつか、社長に仕返しをしようと。

そして、あの日がやってきた。

小柴は、先に帰るふりをして、ビルのどこかにひそんでいた。そして、社長ひとりが残ったのを見計らって、書庫にいる社長に気付かれないように、部屋に猫の毛をぶちまけたのだ。

「しばらく待って、それから忘れ物をしたふりをして、事務所に戻ったの。そしたら……」

社長はすでに息絶えていた。

それから先は、きっとキリコの推測と同じだ。動転したまま、社長の死体を彼女の車に隠す。それから車の中で夜を明かし、次の日出勤したふりをする。隙を見て、彼女の車と死体をマンションに戻したのだ。マンションで発作を起こしたと思わせるため。

小柴はきつく唇を噛んだ。

「殺すつもりなんて、全然なかった」

もちろんそうだろう。彼女がそれほど社長に憎しみを抱いているのなら、この会社に居続けるはずはない。ただ、単なる仕返しに過ぎなかった。

くるみは口を開いた。

「社長だってそうだと思うわ」

猫を殺すつもりなんてなかった。嫌がらせをするほど小柴が嫌いなら、彼女をクビにする権限があるのに、そんなことはしなかった。ただ、モラル違反をしている社員に警告を出しただけのつもりだったのだろう。もし、猫のことを大事にしているのなら、そこを出て別の部屋に引っ越せばいいだけの話だから。

話しながら、くるみはひどく胸が痛むのを感じた。

それはまるで、鍵のない扉だ。鍵さえあれば、簡単に開くのに、たった一本の鍵がないために、それは重苦しい壁になってしまう。

小柴は小さく呟いた。

「わたし、人殺しになるの？」

「わからない……」

彼女がどれほどの罪に問われるのかは、くるみにはわからない。ただ、わかっているのは、彼女は自分のしたことから逃れられないということだけだ。

小柴は小さく息を吐いた。

「自首した方がいいと思う？」

「あなたにそのつもりがあるのなら」

小柴は頷くと、立ち上がった。鞄も持たずに、入り口へ向かい、そして振り返った。

「どうして、わたしだと思ったの？」

くるみは目を伏せた。

「知らなかった？　『葉隠』は江戸時代に書かれた武士のための本で、忍術じゃない」

小柴の目が大きく見開かれる。

「あなたは、社長が『葉隠に関する本を探しにきた』と言ったのを聞いて、とっさに忍術の『木の葉隠れ』だと誤解した。社長が無事に自分で帰ったと思わせるために、それに関する本を社長の鞄に忍ばせたんでしょう。社長がなにを書いているか知っている来栖さんなら絶対そんな間違いはしないし、宮前さんなら、自分の日本語力に自信がないから、辞書を引くはず」

宮前の確率がゼロでなくても、彼女は車の運転ができない。はじめから対象外だ。

小柴はくすりと笑った。

「そういえば、学校の先生が言っていたわ。なんでも辞書を引けって」

鹿原企画は結局三人になってしまった。失われたものは大きい。

くるみは、机に座ってためいきをついた。たぶん、自分が続けようと言わなければ、解散という形になると思う。来栖も宮前も、人の上には立ちたくないと言っている。

自分たちの実力を考えたら、それがいちばん自然な形なのかもしれない。

それでも。

くるみは大きく息を吐いた。気持ちを落ち着けるために、それを繰り返す。

そして言った。

「もし、わたしがやった方がいいのなら……それでみんなが納得するなら……自信はないけど、やってみようと思う」

机に座って仕事を続けていた、宮前と来栖が驚いたように振り返る。来栖の目が輝く。

「本当、ぽんちゃん、やってくれる？」

「でも、小学校の班長と変わらないようなことしかできないよ」

「それでいいじゃん。大切なことはみんなで決めればいいんだから」

宮前も、笑顔で頷いている。

くるみは、一呼吸置いた。ふたりの顔を見比べる。

「それで、どうせ、もう同じだけの仕事量は受けられないんだから、吉上さんは断ろうと思うんだけど、どう？」

宮前と来栖は同時に頷いた。

「賛成」

くるみは、胸を撫で下ろした。そして笑う。

苦しい選択かもしれない。この先、後悔するかもしれない。自分たちは、ただの世間知らずかもしれない。でも、心を擦り切れさせて同じ場所にとどまるよりも、別の方法があるのなら、それを探したい。

みんなに切り出す前に、くるみはキリコに同じことを打ち明けた。そのときに、キリコは笑って頷いたのだ。

「掃除だって、そう。ただひたすらに擦るだけだと疲れていやになっちゃう。そういうときは、洗剤を替えてみたり、方法を変えてみるの。案外、するりと落ちることもあるし」

くるみは子供のころに見た夢のことを少し思い出した。

あんなふうに、ぐるんぐるんと逆上がりを繰り返すことなんて絶対できない。それは確かだ。

でも、思い切り腕に力を込めてお尻をあげれば、一度くらいならまわることができる。

それだって、なにかをやりとげたことには変わりはないのだ。

CLEAN.3

オーバー・ザ・レインボウ

絶対に泣きたくなかった。

泣かない。泣くものか。とりあえず、なんともないような顔で笑って、それでも目が潤《うる》んでくるのを、顔を背けてごまかして、ちょっとトイレって言って、お腹《なか》を壊してしまったような勢いで、トイレに飛び込んで。

そして、泣く。

急にトイレに行ったことで、「もしかして葵《あおい》ちゃん、泣いているんじゃないの」なんて言われるかもしれないけど、実際に泣いているところを見られるよりも数倍まし。数百倍まし。

わたしは小さくドアを蹴《け》っ飛ばす。スリッパのつま先が痛くて、また涙が出た。

もしかしたら、みんなの前で、わあわあ声を出して泣いた方がよかったのかもしれない。そしたら、ケンゾーが二股《ふたまた》かけていたことが、みんなにばれて、ケンゾーは痛い目にあうだろう。社長はモデル同士の恋愛を禁止しているから、クビになるかもしれない。

そう、この事務所では、モデル同士の恋愛は禁止だ。

だから、わたしもケンゾーも、事務所のみんなには内緒でつきあっていた。つきあっているつもりだった。ふたりとも売れっ子じゃないから、モデルを何年も続けられるはずはない。いつかは辞めるときがくる。それに、もし万が一売れたら、社長にも強い態度を取れるはずだから、ふたりの仲も認めてもらえるだろう。

そう話をして、ふたりの仲を隠し続けてきたのだ。

それなのに、今朝、事務所に行くと、スタッフの早見《はやみ》さんが言ったのだ。

「ねえ、葵ちゃん知ってる？　サーシャちゃん妊娠したんだって、相手はケンゾーくん」

しばらく、葵はなにが起こったのかわからなかった。まるで、自分に関係ない話みたいだった。

サーシャは、事務所でもっとも売れている女の子だ。サーシャという名前は知らなくても、ファッション雑誌やテレビのコマーシャルで、彼女の顔を見たことのある人はたくさんいるだろう。ロシア人とのハーフだという、抜けるように白い肌をしたはかなげな女の子。

早見さんの話によると、サーシャは絶対に産むと言い張っているらしい。だから、ケンゾーとは結婚することになるだろう、と。社長はサーシャのことをとても可愛がっているから、ケンゾーは見逃してもらえるだろうとも。

「できちゃった結婚」

葵は口に出して言ってみた。ダサい。ダサすぎる。

だいいち、ケンゾーはそんなに売れてないから、これから生活はどうするのだ。サーシャが子供を産んですぐに復帰するとしても、モデル業なんて水物だ。そううまくいくかどうかわからない。

「わたしなら、絶対にいや」

そう呟《つぶや》いてみたけど、心は晴れない。また鼻の奥がつーんとして、涙があふれた。力任せにゴミ箱を蹴っ飛ばした。そして言う。

「避妊ぐらいしろよ。バーカ」

自分が、普通よりほんの少しきれいだということに、気づいたのはほんの最近のことだ。

子供のころは、背だけがひょろひょろ高い、消し炭みたいに日焼けした子で、だれからも「可愛い」なんて言ってもらったことがなかった。中学や高校のときは、バスケットボールばかりやっていて、おしゃれや男の子になんて興味なかった。

最初に、「あれ？」と思ったのは、短大に入ってからのこと。制服を脱いで、クラブ活動に明け暮れることもなくなり、ときおり、渋谷とか代官山とかに遊びに行くようになったころだ。

それまでも、ときどき女の子からはお世辞めいたことを言われなくもなかった。たとえば、友達の友達に会って、一緒に遊んだ後、「あの子が、葵ちゃんってきれいな人だねって言ってたよ」とか。

でも、そんなことばは聞き流していた。子供のころからのコンプレックスが強すぎて、嫌みにすら聞こえたほどだ。

けれども、そんなことが度重なるうちに、もしかして、と思うようになる。髪を染めてみたり、メイクを研究して、改めて鏡の中の自分を見ると、「もしかして」は「たぶん」に変わる。それが楽しくなればなるほど、街で男の子に声をかけられたり、通りすがりの男の子が振り返ったり、そんなことが何度も起こる。

もしかして、は、そのうち確信になっていた。

不思議だった。絶対に手に入らないと思っていたものが、気づいたら手の中にあったみたいな、そんな感じ。

そして、ときどきモデル事務所の人間という人からも声をかけられるようになった。

最初は驚いて、走って逃げてしまった。

だまされて、風俗かなにかで働かされてしまうのではないかと怖かったのだ。けれども、その日から、雑誌やテレビで見る女の子たちが、急にまぶしく、それでいてリアルに感じられるようになった。

もちろん、だれもが名前を知っているタレントや女優なんかになりたいなんて、そんな大それたことまでは考えない。

けれども、そういう世界のほんの片隅には、わたしの居場所もあるかもしれない、なんて思ったのだ。

そして、何度目かに名刺をくれた人に、わたしは電話をかけてしまったのだ。

幸い、そこはきちんとしたモデル事務所で、わたしは少しずつ、仕事をするようになった。最初はスーパーのチラシからはじまって、最近では通販カタログの洋服モデルをやっている。

もちろん、いつかはやってみたいと思っていた、ファッション雑誌や広告のモデルにはまだ手が届かない。それでも、高校や短大の友人と会ったとき、「モデルをやっているの」と言えば、みんな羨望のまなざしになる。同じ事務所にいるモデルたちは、みんなきれいで垢抜けているし、サーシャみたいにテレビで見たことのある子とも、一緒に遊ぶこともある。

そして、ケンゾー。

石膏像みたいに彫りの深い顔をして、日に焼けた、くらくらするほど素敵な男の子。あんまり二枚目すぎて、かえって仕事が限られるのだと、事務所の人は言っていた。

彼から誘われて、つきあうようになって。彼のことが大好きになって。

たった一年ほどの間に、世界は一変した。まるで魔法をかけられたシンデレラみたいだった。

幸福で舞い上がっていたわたしは、自分が履いているのがガラスの靴だなんて、気づかなかったのだ。

ガラスの靴は、いとも簡単に砕け散った。

玄関のドアを後ろ手に閉めて、わたしはためいきをついた。

顔を上げれば隅から隅まで見えてしまう、狭いワンルーム。換気が悪いせいで、ドアを開けっ放しのユニットバス。黴《かび》くさいシャワーカーテンと、電熱器しかないキッチン。

モデルになることを反対されたから、実家は出た。仕事が遅くなるせいで、都心にしか住めないから、結構な家賃を払っているのに、借りられるのはこんな狭い部屋だけだ。

家なんて寝るために帰るだけだからどうだっていいと思っていたのに、こんなときは気持ちがささくれる。

少しずつ貯《た》めたお金も、三ヵ月前からはじめた歯科矯正でほとんどなくなってしまった。収支決算は黒字とは言えない。

ふと、考える。

両親は、やたらに堅い人たちで、わたしが公務員試験を受けることを望んでいた。もし、両親の言う通りにして、市役所かどこかに就職したら、こんな気持ちになることなんてなかっただろうか。

まあ、そこにもケンゾーみたいな、かっこいいけど女にだらしない男の子がいて、夢中になって、二股かけられて、同じことになる可能性はあるかもしれないけど、たぶん確率はかなり低い。

わたしは、部屋の中央に陣取っている、大きな姿見の前にへたり込んだ。

とりあえず、鏡に向かって営業用の笑顔を作ってみる。

——男の子に振られたくらいで、なに落ち込んでいるのよ。

自分に言い聞かせてみるが、すぐに気づく。

わたしが落ち込んでいるのは、ケンゾーが二股かけていたことのせいだけではない。

今朝まで、わたしは虹の上を歩いている気分だった。

憧《あこが》れていた世界と、華やかな仕事、そして素敵な男の子。虹はいつまでも続くか、もしくはもっとすばらしい世界への架け橋だと思っていた。

でも、わたしは唐突に気づいてしまったのだ。自分の足の下にあるのは虹ではなかった。いつ、崩れるのかわからないような、ぼろぼろの橋に過ぎなかった。

通販カタログのモデルなんて、いくらでも代わりはいる。わたしじゃなければならない仕事ではないし、わたし自身に魅力を感じてくれているわけではない。

明日には仕事はなくなってしまうかもしれない。そうなったとき、ほかの仕事ができるのだろうか。

わたしは、もう一度鏡に向かって笑ってみせる。

子供のころ、それほど可愛いとか言われた記憶はないけど、唯一、八重歯は可愛いと言われた。でも、この仕事をはじめたとき、真っ先に、その八重歯を直すようにと言われてしまった。

今、笑うわたしの顔には、その八重歯はない。

それが無性に悲しかった。


どんなにブルーでやりきれなくても、いつもと同じように朝はやってくる。歯を磨いて、顔を洗って、仕事に出かけなくてはならない朝。

できることなら、こんな気分の日くらいはほかの煩《わずら》わしいことは、キャンセルしたい。そうは思うけど、結局わたしは、重い腰を持ち上げる。

泣きはらした目は、教えてもらったとおり、紅茶のティーバッグでパックする。その後、充血止めの目薬を差せば完璧《かんぺき》だ。

ビタミン剤をミネラルウォーターで流し込んで、朝食の代わり。あとは豆乳でも行きがけのコンビニで買っていく。

いつもこんな感じ。健康的だか不健康だか、わからない食生活。

やけ食いでもしたい気持ちはあるけど、事務所から体重をあと三キロ落とすように言われている。そう考えて、わたしは鏡に向かって笑った。

もう、なにもかもどうでもいいと思っているはずなのに、そんなことだけは頭から離れない。

メイク道具とミネラルウォーターを入れたナイロンバッグを持って、わたしは立ち上がった。事務所には電車で向かい、そこからマネージャーと一緒に現場に行くことになっている。

電車でも、座席には座らない。背筋を伸ばし、お尻《しり》をきゅっと引き締めて立つ。ガラス窓に映る自分の顔は、幸いそれほど惨《みじ》めには見えなかった。

けれども、わたしは知っている。どんなにさっそうと出かけたつもりでも、向かうのはマタニティ通販カタログの撮影現場だ。

何度かやったことがあるけど、お腹に詰め物をして、寸胴《ずんどう》なマタニティドレスを何枚も着る。もちろん、メイクも髪型も地味なものだ。

わたしは考える。あんなに華奢《きゃしゃ》で折れそうな身体《からだ》をしたサーシャも、いずれあんなマタニティドレスを着るようになるのだろうか。

電車は地下に入った。ガラス窓に映る自分の姿が急に鮮明になる。

ひどく、うつろな顔をしていた。

「おはようございまーす」

精一杯元気な声で、わたしは事務所に入った。

「あ、おはよう、葵ちゃん」

マネージャーの杉浦《すぎうら》さんが真っ先にこちらを向いた。今回、一緒に撮影する先輩モデルの琴美《ことみ》さんも、すでにきて、ソファに座っていた。

「遅くなってごめんなさい」

そう言うと、琴美さんは煙草を灰皿でひねりつぶしながら笑った。

「ううん、まだ集合時間には早いわよ。わたしが早くきちゃっただけ」

琴美さんは、三十過ぎだという話だが、童顔で若く見えるので、同じ現場になることが多い。結婚しているせいか、あまり出世欲がないというか、仕事にぎらぎらしていないというか、若いモデルに嫉妬《しっと》心をむき出しにするような人ではないので、気楽に話ができる。

「葵ちゃん、ちょっと顔、むくんでいる?」

いきなり、指摘されて、どきりとした。

「え、そうかな。昨夜水分取り過ぎたかも……」

笑ってごまかしていると、目の前に紙コップが置かれた。

「はい、リンゴ酢ドリンク」

顔を上げれば、杉浦さんが微笑していた。どうやら、最初に顔を見た瞬間に、むくんでいることは気づかれていたらしい。このリンゴ酢ドリンクは杉浦さんの特製で、顔をしかめるほど酸っぱいのだけど、むくみによく効く。

杉浦さんはマネージャー歴十年だというだけあって、いろいろな裏技を知っている。ティーバッグでパックすると、目の腫《は》れが治まることも、彼女に聞いた。とはいえ、彼女もまだ二十九歳。化粧気がないので若く見える、気さくな女性だった。

「さすが、マネージャー」

琴美さんが大げさに誉《ほ》める。

「おだてでもなんにもでませんよ。琴美さんも飲みますか？」

「わたしはいい。むくんでないもん」

ふたりの会話を聞きながら、わたしは眉間《みけん》に皺《しわ》を寄せて、リンゴ酢ドリンクを飲み干した。今日はいちだんと酸っぱい。

「じゃ。そろそろ現場に行こうか」

杉浦さんに促されて、琴美さんもバッグを持って立ち上がった。

わたしも琴美さんも、専属のマネージャーがつくほど売れているわけではないから、杉浦さんが両方担当してくれている。今回は同じ現場なので助かるけれど、別々の仕事が入っているときは、ひとりで現場まで行かなくてはならないこともある。

いってきまーす、と挨拶をしたとき、事務所のドアが開いた。

「おはようございます」

少し、決まり悪げに背中を丸めて入ってきたのは、ケンゾーだった。わたしは息を呑《の》んだ。どんな顔をしていいのか、わからなかった。

琴美さんが、ケンゾーの肩を叩《たた》いた。

「聞いたわよ。幸せにしなさいよ。サーシャちゃんのこと」

ケンゾーはとってつけたように笑った。たぶん照れているのだろう。

わたしも無理矢理笑顔をつくったとき、ケンゾーがこちらを向いた。目が合う。

ケンゾーの目に、微妙な感情が浮かんだ。

わたしは、彼の横を通り過ぎた。

撮影が一段落するたびに、わたしは携帯を開いた。

たぶん、ケンゾーからメールが入っている。そう思ったからだ。

昨日は、ショックのあまり、こちらから電話をするなんて考えられなかった。でも、今朝目が合って、ケンゾーは気づいたはずだ。わたしがすでに知っていることを。

きっと、メールか電話がくる。でなきゃおかしい。

昼休みがきて、弁当が配られたけど、まったく食欲はなかった。でも別にいい。弁当を食べなくても心配する人なんていない。ダイエットをしているんだと勝手に思ってくれるだろう。

「どうしたの？　なにか大事なメールでもくるの？」

琴美さんは、心配そうにわたしの顔を覗《のぞ》きこんだ。わたしはあわてて携帯を閉じた。

「いえ、友達が連絡するって、言っていたから……」

「だって、葵ちゃん、さっきから三分ごとに、携帯覗きこんでいるわよ」

「あ……」

指摘されるまで、わたしは自分がそんな妙な行動を取っているなんて気づかなかった。笑って、携帯をバッグにしまう。

「あれ、なんかぼーっとしてて……」

「彼氏と喧嘩でもしたんじゃないの？　いいなあ、若い子は」

曖昧《あいまい》な笑みを浮かべて、わたしはトイレに立った。

景色が遠くなったり、近くなったりするようだった。自分が歩いているのが、ちゃんとした地面だなんて思えない。べこべことへこんだ、ベニヤ板の上みたいな気分。

もしかして、すべてわたしの妄想なのかもしれない。

なんだか急にそんな気がしてきた。本当のわたしは、ケンゾーとつきあってなんかいなくて、ただ遠くから憧れていただけなのかもしれない。

そうでもなきゃ、電話がこないなんておかし過ぎる。

だんだん、それが真実みたいな気がしてきて、わたしは不快な空想を追い払うために、首を振った。

自分の神経がひどく張りつめていることがわかる。

泣いてしまいたかったけど、ここで泣くとメイクが落ちて、みんなに迷惑をかける。これ以上目を腫らすこともできない。

メールが欲しい。どんなにひどいことばだっていい。彼のことばが聞きたかった。

午後になって撮影がまたはじまる。

わたしは撮影が終わるまで、携帯を見ないことにした。メールがきていなければ、携帯を見るたびに悲しい気持ちになる。

せめて、夜まで待てば、かならずメールはくるはずだ。

じりじりと、遠火で炙《あぶ》られるような気持ちでわたしは撮影の終わりを待った。

まるで心のない人形のように、言われたままのポーズだとか、笑顔だとかを作って、頭の中ではメールのことばかり考える。

神様、こんなに我慢をしているのだから、せめて気持ちが楽になるようなことばを。

そう祈るように呟いて、その後気づく。

気持ちが楽になるようなことばって、どんなのだろう。

この最悪の状況を少しでもよくするようなメールがあるのだろうか。

たとえば、全部サーシャの嘘《うそ》だったとか。そう考えたけど、すぐに今朝のケンゾーの顔が頭に浮かぶ。

嘘だったら、あんな顔をするはずはない。やましげな、きまりの悪そうな顔。

そう、それなら、こんなのはどうだろう。サーシャとは、一夜の過ちでそんなことになってしまって、子供ができたから仕方なく結婚するけど、本当に好きなのは、きみだった、とか。

——バーカ。

心の中で、もうひとりのわたしが笑った。

そうだ。本当に馬鹿だ。たとえ、そんなことを言われたって、信用なんかできるはずはない。

そして、わたしは気づく。

この状態をよくすることばなんて、ひとつもないのだ、と。

それでもいい。わたしは祈るような気持ちで、そう願う。

それでも彼のことばが聞きたいのだ、と。

あれほど祈ったのに、結局彼からのメールはこなかった。

耐えきれずに帰りの車の中で、彼にメールを打った。どういうことか、貴方の口から説明してほしい、と。

さすがに、すぐに返事がくると思っていたのに、いつまで待ってもケンゾーからの答えはなかった。

携帯が見られない状況なのかもとは思うが、そんなことはなんの慰めにもならない。今までたっぷり時間はあったのだから。

わたしは、事務所のビルの屋上にひとりで上がった。

そこなら、だれにも怪しまれず、心ゆくまで彼からのメールが待てるから。電車で帰る途中に電話を取り損ねることすら、怖かった。

夕刻、空は絵の具をぶちまけたみたいな赤だった。

わたしはその中で、コンクリートの地べたに座り込んで、ただひたすらに携帯を見つめていた。

思えば、ケンゾーはよく待ち合わせの時間に遅れた。そして、わたしが腹を立てるたびに、へらへらと笑ってごまかすのだった。

今度のことも、そんなふうにへらへら笑ってごまかすつもりなのだろうか。馬鹿みたい。わたしは小さく呟いた。

何度も何度も画面を見るせいで、携帯の電池は少しずつ少なくなっていく。気づけば、あたりはすっかり暗くなっていた。

帰らなくてはならない。もしくは、近くのコンビニで充電器でも買うか。

わたしはのろのろと立ち上がった。非常階段のドアに手をかけて、ノブをまわす。

息を呑んだ。ドアが開かない。シリンダーが中で引っかかる、鈍い音だけがする。

鍵《かぎ》がかかっているのだ。

「嘘……」

よく、屋上でモデル仲間と、煙草を吸っておしゃべりをしたり、紙コップのコーヒーを飲んだりしたけど、鍵をかけられたことなんかない。

携帯を開いて時間を見た。

八時前。運がよければ事務所に人が残っているかもしれない。

携帯で事務所に電話をかけた。だが、呼び出し音の後、留守番電話に切り替わり、事務所がすでに無人であることを知る。

どうすればいいのだろう。わたしは茫然《ぼうぜん》と立ち尽くした。

十一月。真冬ではないし、薄いコートは着ているから、凍え死ぬということはないだろうけど、朝までこのままだと風邪を引いてしまうだろう。

わたしはドアを何度も叩いた。声を上げて人を呼んだ。

だが、ドアの向こうには人の気配すらなかった。

「どうして？」

どうして、わたしだけがこんな目に。

そう思うと、涙があふれてきた。

彼氏が別の女の子と結婚することがわかった次の日に、ビルの屋上に閉め出されてしまうなんて、最悪にもほどがある。

わたしはコンクリートの上にへたり込んだ。

空を見上げると、月がやけにきれいで、そのことがひどく理不尽な気がした。


耳だけがやけに熱かった。

何度も壁にもたれて眠りかけたけど、背中が痛くてすぐに目覚めた。

泣きたい気持ちは、簡単に臨界点を超え、わたしは声をあげて何度も泣いた。非常階段に続くドアを、力任せに蹴っ飛ばしさえした。

薄いスカート越しに冷えが這《は》い上る。どんな顔をしているのか、コンパクトを開いてみたけど、薄暗くて見えない。でも、見えなくてよかったのかもしれない。きっと、ひどい顔をしているだろうから。

「ちきしょう！」

わたしはもう一度ドアを蹴っ飛ばした。

「気持ち悪いんだよ。あの、女たらしが！」

もうすでに、閉め出されたことに腹を立てているのか、ケンゾーに腹を立てているのかわからなかった。そのふたつがごちゃまぜになって、頭の中で煮えたぎっていた。

まるで小学生の男の子みたいに、バーカ、バーカとわめきながら、わたしはドアを蹴り続けた。涙があふれて、鼻がずるずると音を立てた。

ふいに、遠くで物音がした気がした。わたしはドアを蹴るのをやめた。

耳をすますが、風の音でなにも聞こえない。

よく考えたら、物音などするはずはない。最後に携帯を見たのが十一時過ぎだった。その後、電池は切れてしまい、携帯の画面にもなにも映らなくなったけど、それからたぶん、何時間も経っているだろう。

このビルは、セキュリティシステムで管理されていて、夜間警備員はいないから、こんな時間に人がいるはずはないのだ。

だれかにきてほしいという思いが、幻聴を呼んだのだろう。

わたしはへなへなと床に座り込んだ。もうドアを蹴飛ばす元気も、泣き叫ぶ気力もなかった。喉《のど》がからからに渇いていた。トイレにも行きたかった。

顔は涙と鼻水でみっともないことになっているだろうけど、それを拭《ぬぐ》う気にもなれなかった。

風の音が途絶える。その瞬間、わたしは跳ねるように立ち上がった。

やはり物音が階下から聞こえる。間違いない。

わたしは拳《こぶし》で非常階段のドアを叩いた。声を張り上げる。

「だれか、だれかいませんか？　助けてください！」

だれか、助けて。ＨＥＬＰ　ＭＥ。いや、この場合はこの英語ではなかった気がする。

こんな状況なのに、わたしはふいにそんなことを考えた。

ＨＥＬＰではなくＳＡＶＥだ。ＳＡＶＥ　ＭＥ。わたしをここから救って。

ひどく軽い足音が、階段を上ってくるのが聞こえた。涙があふれそうなほどうれしかった。

そして、ドアが開いた。

ドアの向こうにいたのは、背の低い女の子だった。わたしを見て、目を丸くする。

「ど、どうしてこんなとこにいるんですか？」

「閉め出されちゃったのよう」

わたしは泣きじゃくりながら、そう言った。

「うわあ。大変。大丈夫でしたか」

「だ、大丈夫だけど、ともかくトイレ」

わたしは彼女の横をすり抜けて、階段を駆け下りた。

なぜだか、ビルの中には灯《あか》りがついていた。わたしは最上階のトイレに駆け込んで、用を足した。

ようやくひといきついた。その後、気づく。

あの女の子はいったい、だれなのだろう。どうしてこんな時間にビルにいるのだろう。

——もしかして、わたしを助けにきた天使だったりして……。

トイレから出たら、もう彼女の姿はどこにもなかったらどうしよう。

寒さに頭をやられてしまったのか、わたしはそんなことまで考えた。

もちろん、そんなことはなく、トイレから出ると、彼女はきょとんとした顔で、外で待っていた。

「あの、本当に大丈夫ですか。風邪とか引いてませんか？　あったかいコーヒーありますよ」

そのことばは胸の奥がつーんとするほどうれしかった。

「大丈夫だけど……コーヒーもらっていい？」

彼女は笑って頷《うなず》いた。

「もちろん」

彼女は、自動販売機前の喫煙スペースに座って、大きなボストンバッグを開けた。中から赤いチェックの魔法瓶を取り出す。

「はい、どうぞ。ミルクもお砂糖もないけど」

湯気のたつカップを受け取って、一口飲んだ。熱い液体が喉を焼く。全身の力がやっと抜けていくのを感じた。

だが、相変わらず、疑問は解消されていない。

この子はいったいだれなのだろう。

赤茶色に染めた髪をくるくるとお団子にして、ラインストーンのピンで留めている。ふわふわしたモヘアのセーターと、ツイードのミニスカートはどちらも焦げ茶色で、なんだか子リスが人間になったみたいだ。

とてもかわいい女の子だった。背は低いけど、顔は小さいし足も長い。わたしと並ぶと、彼女の方がずっと若く見えるだろうけど、きっと年齢はそんなに変わらないだろう。

熱いコーヒーを飲み干すと、冷えで強《こわ》ばっていた身体に血が通っていく。わたしはカップを彼女に返した。

「ありがとう。それで……」

「いえ、どういたしまして。本当にほかにはいいですか？」

「あ、うん、大丈夫」

「どこの会社の方ですか？」

彼女にそう尋ねられて、わたしは答えた。

「四階の、グラニテっていう……」

彼女は目を大きく見開いて、頷いた。

「あ、じゃあモデルさんなんですね。道理できれいな人だと思った」

グラニテがモデル事務所だと知っているということは、このビルのどこかのオフィスの人なのだろうか。でも、こんな女の子は今まで見たことがない。

彼女はボストンバッグを持って、立ち上がった。

「わたし、そろそろ仕事しなくちゃならないんでいきますね。なにかありましたら、このフロアにいるんで、また声をかけてください」

仕事といっても、今は夜中の三時である。それにこのフロアには、ほかに人の気配はない。たったひとりで、こんな時間に、どんな仕事をするというのだろう。

だが、疑問はすぐに解けた。

彼女はポケットから鍵を出して、廊下にあるドアを開けた。中から出てきたのは、モップやバケツ、業務用の掃除機。

彼女はゴム手袋をしてバケツを持ち、元気よくトイレに入っていった。

とてもそんなふうに見えない。でも間違いなく彼女は清掃作業員らしい。


わたしは喫煙スペースの椅子《いす》の上で、ぼんやりと彼女が働くのを眺めていた。

トイレ掃除が終わると、彼女は廊下を磨き上げはじめた。隅から隅まできれいに掃除機をかけ、そのあとモップで力一杯磨いていく。薄汚れていた廊下は、みるみるうちにぴかぴかになっていった。

彼女の髪に挿された、トンボのヘアピンを見つめながら考える。

こんなに若いんだから、ほかにいくらでもいい仕事があるだろうに、どうして清掃作業員などをしているのだろう。

ディズニーランドとか、お洒落《しゃれ》なスポットの清掃作業員には若いバイトも多いけど、たいてい、こんなビル清掃をやっているのは、おばさんだったり、おじいさんだったりするものだ。それとも、昼間働けない理由があるのだろうか。いくら夜間でもビル掃除の給料がいいとは思えない。

トンボのヘアピンは、くるくる忙《せわ》しげに動いている。

彼女のモップが喫煙スペースにやってくる。わたしは足を上げて、邪魔をしないようにした。

「あ、すみません」

彼女はにこっと笑って礼を言った。この涼しいのに額には、かすかに汗が滲《にじ》んでいる。

廊下の端までモップをかけてしまうと、彼女は大きく息をついた。独り言のように呟く。

「んー、やっぱりモップがいちばん楽しいかも……」

「楽しい？」

思わずそう尋ねてしまったわたしの方を、彼女は驚いた顔で振り返った。どうやら、わたしがいたことなど忘れていたらしい。

「モップがけが楽しいの？」

「楽しいですよ。床ってどうしても靴の跡がつくでしょ。それをまっさらにするの。明日には、また靴の跡がつくけど、今だけはまっさら。もしかしたら、わたし以外のだれも、まっさらなところを知らないかもしれない。それって、なんか楽しいです。掃除機とかは、ちょっと達成感が少ないんですよね。やっぱりモップはいいなあって」

　どうもよくわからない感覚だ。学生のころの掃除当番でも、モップはいちばん嫌われていた。あの濡れたような、べちゃっとした感覚を思い出すだけで、ぞっとする。

　考えていたことが表情に出ていたらしい。彼女は少し笑った。

「たしかに、濡れたまま、干さずにしまっているモップはわたしも嫌い。でも、それはモップが悪いんじゃなくて、使った人が悪いんだもの。使った後、モップもきれいに洗ってあげて、お日様でぱりぱりになるまで乾かしたら、変な匂いなんてしないですよ」

　そう言った後、彼女は照れたように目を細めた。

「ごめんなさい。ちょっと、仕事を休んでいて、ひさしぶりだからなんだかよけいに楽しくて。変ですよね」

彼女はモップとバケツを持って立ち上がった。

「わたし、下に行きますね」

考える前に口が動いていた。

「わたしも一緒に行っていい？　ひとりでいるの、いやなの」

彼女は少し驚いた顔をしたが、笑って頷いた。


彼女が掃除をしているあいだ、わたしたちはぽつぽつと喋《しゃべ》った。

彼女はキリコと名乗った。派遣で清掃作業員をしていて、一週間ほど前からこのビルにきているという話だった。

手際よく窓を拭《ふ》きあげながら、彼女は言った。

「でも、変ですよね。いつも、モップや雑巾《ぞうきん》を干しに行くけど、今まで、屋上に通じる非常階段に鍵がかかっていたことなんかなかったのに」

わたしは頷いた。たしかに内側から鍵がかけられるようになっているが、雑居ビルの屋上についた鍵なんて、だれが気にするだろう。わざわざ昇っていって、戸締まりを確かめるような人などいない。

急に背筋が冷えた。もしかして、わたしがいることを知っていて、わざと閉め出したのだろうか。

――まさかね。

頭に浮かんだ不吉な考えを、わたしは振り払った。

わたしは人に嫌われるほど、個性の強いタイプではないし、嫉妬されるような仕事もしていない。

むしろ、今のわたしには、思いっきり意地悪をしてやりたい人がいるのに。

わたしは首を傾《かし》げて考え込んだ。

もし、サーシャが屋上にたったひとりでいて、そのことをわたししか知らなかったのなら、つい鍵をかけて帰ってしまうかもしれない。

もちろん、それは悪いことだし、実際にはしないだろうけど、頭の中でそんなことを考えただけで、気持ちが少しだけ晴れた。次の瞬間、自分の意地の悪さに落ち込む。

「どうかしたんですか?」

キリコちゃんが目を大きく見開いて、わたしの顔を覗きこんだ。

「ううん、なんでもない。今日に限って、だれかが気まぐれをおこして鍵をかけたのかなあと思って」

たぶん、真相はそんなところだろう。いくらなんでも鍵をかける前に、屋上に人がいるかどうかは確かめるものだが、そそっかしい人だったのかもしれない。すでに暗くなっていて、わたしがいることに気づかなかったのかもしれないし。

そう、たまたま悪いことが続いただけ。

わたしは椅子の上で膝《ひざ》を抱えた。ふいに涙があふれそうになる。

もし、三日前に戻れて、そのまま時間が流れないのならどんなにいいだろう。三日前のわたしは、ケンゾーとこんなことになってしまうことも、屋上に一晩中閉め出されてしまうことも知らないまま、のんきに過ごしていた。

そういえば、ケンゾーのことはまだだれにも話していない。モデル仲間には絶対に話せないし、昔の友達とも最近は疎遠になっている。いきなり電話して、そんな愚痴をこぼしたって迷惑がられるだけだろう。

なんだか、自分がひどく惨《みじ》めに思えてきた。こんなひどい目にあったのに、相談する相手もいないのだ。

「あ、葵さん、どうしたんですかっ」

キリコちゃんが急にあわてたような声を出した。それでやっと、わたしは自分が泣き出していることに気づいた。

キリコちゃんはゴム手袋を外すと、斜めがけしたバッグの中からハンカチを取り出して、わたしに差し出した。

礼を言うのも忘れて、わたしはそれを受け取って啜《すす》り泣いた。

「ごめん……ちょっとだけ聞いてくれる？　お掃除しながらでいいから……」

「いいですけど……なにかあったんですか？」

わたしは鼻を啜りながら話しはじめた。

核心に触れるのが怖いような気がして、わたしはどうでもいいことばかり話した。好きだった人がいたこと。その人もわたしのことを好きだと言ってくれたこと。彼が服を選んでくれたこと。ふたりで一緒に、夜店でたこ焼きを食べたこと。

キリコちゃんは、モップをかけながら話を聞いてくれた。彼女が手を止めないでいてくれたせいで、わたしは存分に話したいだけ話すことができた。

どんなに遠回りして話しても、わたしとケンゾーの物語は簡単にラストへたどりついてしまう。もともと、そんなに素敵な思い出にあふれていたわけではないのだ。

一昨日、事務所の早見さんから聞いた話と、そして昨日の朝、ケンゾーと会ったこと、それからメールも電話もこないし、わたしが送ったメールにも返事はこないことを話してしまうと、それでわたしとケンゾーの話はおしまいだった。

キリコちゃんは、下を向いたままモップをかけていた。音がするほど強く、床にモップが擦《こす》りつけられる。

わたしが話し終わると、キリコちゃんは呟いた。

「……葵さんかわいそう」

わたしはまた鼻を啜り上げた。

「でしょう。わたし、かわいそうだよね」

「うん、ひどい。本当にかわいそう」

キリコちゃんは、身体を曲げると、またわたしの顔を覗きこんだ。

「でも、よかったこともあるよ。そんなくだらない男に、これ以上関わらなくて済んだこと」

「ははは」

わたしは乾いた笑い声をあげた。たしかにそうだ。ケンゾーなんて、最低の男だ。

「そうだよねえ、あんなやつ、熨斗《のし》つけてくれてやらあ」

「そうですよ。こっちから別れるって言ったら、きっとそんな男はぐだぐだごねますよ。プライドだけは高かったりするんだから」

「だよねえ」

よく考えたら、顔はいいけど、あいつはバカだった。坂本龍馬がなにをした人かも、英語の三人称単数の動詞にはsをつけることも知らなかった。

バカなくせに、女の子に二股かけて、片方を妊娠させてしまうなんて、あまりにも身の程知らずだ。わたしはそう考えて笑った。

それからわたしは、キリコちゃんの仕事が終わるまで待ち、ふたりで近所の二十四時間営業のファミレスに向かった。

ダイエットのことなど忘れて、食べまくった。海老フライとコロッケとチキンカツのミックスフライ定食をふたりでやっつけ、その後、わたしはパフェ、キリコちゃんはケーキを食べた。

キリコちゃんは、わたしにおごってくれると言ったけど、今日はわたしがおごることにした。

なんたって、キリコちゃんはわたしの恩人なのだから。

明け方にこんなに食べて、きっと今日は胸焼けで苦しむことになるだろう。

でも、別にいい。男のことで苦しんだ昨日よりもずっとまし。

バイバイ、ケンゾー。あんたが最低最悪の男でよかった。

誠実にかっこよく、スマートに振られたのなら、こんなふうにあんたの面影にあっかんべーもできないもの。

それで、全部終わったと思っていた。

たぶん、ケンゾーからはもう電話がこないだろうし、それでおしまい。わたしにはキリコちゃんという友達もできた。それでちゃら。

だが、物事はそんなふうに簡単には終わらないものなのだ。

翌日はちょうどオフだった。わたしは胃もたれに苦しみながら、朝から眠った。

携帯の音に起こされたのは、昼過ぎだった。

寝ぼけ眼《まなこ》でよろよろと起きあがり、携帯に手を伸ばす。だが、画面を見た瞬間、目が覚めた。

ケンゾーからの電話だった。

――なによ、今更。

むかついて切ってやろうかと思った。今ごろ、連絡してきても、もう遅いのだ。

だが、画面を見ながら考える。これも神様のお計らいかもしれない。

昨日のうちに電話がかかってきたのなら、わたしは泣き出してしまったかもしれないし、ケンゾーをなじったり、未練がましいことをいっぱい言ってしまっただろう。

今なら、涼しい声でさよならと、おめでとうが言える。言えると思う。

わたしは意を決して、電話に出た。

「もしもし」

できるだけ普通の声を出す。電話の向こうでケンゾーの声がした。

「おまえ、サイテーだな」

「え？」

しばらくはなにを言われたのかわからなかった。

「サイアク。そんな女だとは知らなかったよ」

——ええーっ、ちょっと待ってよ。

わたしはあわてて、受話器を持ち直した。わたしがケンゾーをサイテーだと言うのならともかく、ケンゾーからサイテーだなんて言われる筋合いはない。

むかむかしながら答える。

「ちょっとどういうことよ。なんでわたしがサイテーなのよっ！」

おどおど、へらへらしながらごまかすと思っていたのに、まさかこうくるとは思わなかった。別れるのもわたしのせいにするつもりなんだろうか。そんなことさせるものか。

「おまえ、サーシャに悪戯《いたずら》メールしただろ。死ねとか、淫売《いんばい》とか。わかんねーと思っているんだろうけど、ばれているんだよ」

話が違う方向に向かっている。わたしの眠気はすっかり吹っ飛んでしまった。

「知らない。わたしじゃないわよ。そんなことしないもの」

「嘘つけ。おまえの名前からきてたね」

「自分の名前で、そんなメール出すはずないでしょ。バッカじゃないの」

「自分の名前が出ることに気付かなかったんだろ。バカはそっち」

「ともかく、わたしじゃないもの。うぬぼれないでよっ。あんたなんかと別れられて、こっちがせいせいしてるんだから！」

わたしは叫んで、電話を切った。

頭が混乱して、なにがなんだかわからない。なにものかがサーシャの携帯に、ひどい悪戯メールを送って、その発信元がわたしだというのか。

まさか、寝ぼけてそんなことをしてしまったのだろうか。わたしはあわてて、送信記録を確かめた。そんなメールが送られた形跡などなかった。消去したという可能性もゼロではないけど、寝ぼけた状態でそこまではしないだろう。

次の瞬間気づく。わたしはサーシャのメルアドを知らない。メールアドレスを教え合うほど親しくはない。

だが、それを証明するのは難しいということに、すぐに気づいた。なにかを知っていたということを証明するのは簡単だけど、知らないということは証明できないのだ。

事務所の人に聞けば、すぐにわかるだろうし、ケンゾーの携帯を盗み見たという可能性だってある。

急に背筋が冷えた。

わたしではないということは、だれかがわたしの名前で、サーシャに悪戯メールを送ったということだ。

それはサーシャへの嫌がらせだけではなく、わたしへの嫌がらせでもあるのだ。

――なんで？　どうして？

頭の中を疑問がぐるぐるとまわる。

だれかに嫌がらせされるほど、嫌われることなんてないと思っていた。それはわたしの単なる思いこみだったのだろうか。だとすれば、あの、屋上の事件も、だれかがわざとやったことだったのかもしれない。

わたしはベッドに飛び込んで、布団を頭からかぶった。

なんだか急に世界が、澱《よど》んでいくような気がした。


その日は夕方から、審美歯科の予約を入れていた。

わたしはぼうっとした頭のまま、地下鉄で一時間かかる、その歯医者へと向かった。

ここを紹介してくれたのは、マネージャーの杉浦さんだった。琴美さんも、ほかのモデルたちも、ここで、歯を治したという話だった。見せてもらった琴美さんの昔の写真は、わずかに前歯が出ていて、今ほどきれいではなかった。杉浦さんも、小さな真珠みたいなきれいな歯並びをしている。

最初にここにきたとき、胸が高鳴った。わたしが通っていた、町の小さな歯医者とは全然違った。

待合室は、ホテルのロビーみたいにきれいで、いつも大輪の百合の花が飾られていた。テレビで知っている女優を見かけたこともある。

まるで夢の世界の入り口みたいな場所だった。

奥歯を抜いて、今は外から見えない歯の裏側に、矯正のワイヤーをはめている。毎回、行くと、それを外して洗浄されたあと、またきりきりと締められる。痛いというほどではないが、頭に響くような違和感があって、どうしても好きにはなれない治療だった。

それだけではない。これが完了したら、黄色い前歯にクラウンをかぶせて、真っ白にする治療が残っている。まだどのくらい通わなければならないのかわからない。

全部、同じだ。目を閉じて口の中をいじられながら、わたしはそう考えた。

最初は素敵に見えるのだ。そして踏み込んでみてはじめて知る。

素敵じゃないことの方が、世の中には多いのだ。

キリコちゃんは、わたしを見て、目をまん丸にした。

「どうしたんですか、葵さん」

「えへへ、お酒飲んでたら、終電なくなっちゃって……一緒にいていい？」

半分は本当。でも、残りの半分は嘘だ。

これ以上飲むと、終電がなくなることにはちゃんと気づいていた。でも、思ったのだ。終電がなくなったという口実で、キリコちゃんに会いに行けるかもしれない、と。

ケンゾーに濡れぎぬを着せられたことを、キリコちゃんに話して、ふたりで昨日みたいに、「サイテー男!」と言って盛り上がって、気持ちのもやもやを晴らしたかったのだ。

「仕事の邪魔してごめん。役には立たないかもしれないけど、ちょっとは手伝うからさ」

「それはいいですよ。わたし、これでお給料もらっているんだし」

嫌な顔こそしなかったが、キリコちゃんはやはりまだ不思議そうだ。

それでも、てきぱきとゴム手袋をつけて、掃除用具を手に持ち、男子トイレに入っていく。

昨日は、彼女がトイレ掃除をしているところまでは見なかったが、今日は、入り口に立ってぼんやりと眺める。さすがにだれもいないとはいえ、男子トイレには入りにくい。

彼女はペーパーを補充し、ペーパーホルダーをきれいに磨き上げた。それからトイレ用ブラシで、ひとつひとつ便器を洗っていく。

面倒な仕事だなと思っていると、ふいにキリコちゃんが言った。

「なんかあったんですか？」

「うん……わかる？」

「だって、昨日の今日だもの。屋上のことかケンゾーさんのことかわからないけど、なんにもない方がおかしいです。どっちですか？」

「わかんない。強いて言えばケンゾーのほうだけど、もしかしたら屋上のことも関係しているかも……」

彼女は額の汗を拭って、こちらを見た。わたしは今日起きたことを彼女に話した。

「なに、それ！」

キリコちゃんは自分のことのように腹を立ててくれた。

「自分のメールアドレスで悪戯メールを送る人なんて、いるわけないじゃないですか」

「でもさー、ケンゾーはバカだから、他の人も自分と同じくらいバカだと思っているんじゃないの」

この間までつきあっていた彼氏なのに、自分でもひどい言い方だと思ったが、ここ数日、わたしがどんな目にあったかを考えると、このくらい言っても罰は当たらないと思う。

「たぶん、パソコンを使って送ったんでしょうね。パソコンなら、名前の設定は自由にできるし。パソコンで受信していたら、どこから送信されたのかはわかるだろうけど……」

キリコちゃんは掃除の手を止めて、首を傾げた。

「でも、どうしてそんなことするんだろう」

「わたしとサーシャのことが同じくらい嫌いな人がいるんじゃないの」

ふいにキリコちゃんが妙な顔をした。

「どうかしたの？」

「いえ……三人目がいるんじゃないかなあと思って」

「まさかあ」

いくらなんでもそんなことは、と思う。

「それに、三人目だったら、憎いのはサーシャだけでしょ。わたしは同じ立場だもの」

「そっか」

「それに、三人目までいたら、わたし、むしろケンゾーのことを尊敬するわ。そこまでパワフルな男だったらさ」

こんなふうに冗談に紛らわせていると、少し胸のつかえが下りる。事態はなにも変わってはいないのだけど。

わたしが笑うと、キリコちゃんもくすくす笑ったけど、次の瞬間、真剣な顔になる。

「葵さん、気をつけてくださいね」

「え？」

「なんか、普通じゃない気がする。その人がなにを考えているのかわからないけど」


たしかに普通じゃない。

屋上に閉め出されたことも、サーシャへ送られたメールのことも。その人がどうして、そんなことをするのかわからない。単にわたしのことが嫌いだからだろうか。

別にいい子ぶるつもりはないけど、本当に自分が人からそこまで嫌われるような人間だとは思えない。

モデルになったと言っても、事務所の中ではかなり下のランクだから、仕事で嫉妬されるはずはないだろう。恋愛絡みでも、この通り悲惨なものだ。

考えられるのは、わたしが気づかないうちに、その人をひどく傷つけるような言動をしていたという可能性だ。そんなことがないとは自分では断言できない。

けれども、その人は、わたしとケンゾーがつきあっていて、わたしが振られたことを知っている。

もし、わたしにものすごく嫌いな人がいて、その人がそんな境遇だったとしたら、わざわざ嫌がらせをするだろうか。わたしなら、たぶんしない。自分の手を汚さなくても、その人は不幸のどん底なのだから。「いい気味」と心で笑うだけで、満足できるだろう。

やはり、嫌がらせはサーシャだけに向けられたものではないだろうか。たまたま、その人がわたしとケンゾーのことを知っていたから、わたしのメールアドレスを使っただけの話で。

なんだか不快なことばかり考えてしまう。心でためいきをついた。

それでも、今は撮影中だから、わたしは満面の笑みを浮かべている。

今日の撮影は野外だった。その通販雑誌の服は、お世辞にもセンスがいいとは言えず、微妙な気分だけど、撮影はきれいなエアデールテリアと一緒だった。

モデル犬だけに、お行儀がよくて賢い。犬を触っていると、強ばった気持ちがほぐれていくようで、わたしはさして苦労せず、笑顔をつくることができた。

休憩時間に、杉浦さんがミネラルウォーターを持ってきてくれた。

「どうしたの？　ご機嫌じゃない」

そう言われて、わたしは苦笑した。少しはプロらしくなってきたのかもしれない。

「そういうわけではないんですけど」

ペットボトルを受け取るときに、気づく。

杉浦さんの顔色が、ひどく青白かった。彼女はひどい偏頭痛持ちで、よく顔をしかめている。

「どうしたんですか。また頭痛？」

彼女はこめかみを押さえて頷いた。

「うん。ちょっと最近ひどくて……」

頭痛薬を飲めば治まるらしいのだが、マネージャーという仕事は車の運転をすることが多い。特にモデルと一緒のときに、事故を起こすと大変なので、薬は飲めないのだと言っていた。

「大丈夫ですか。肩さすりましょうか」

わたしは立ち上がって、彼女の肩に手を当てた。

「うわあ、がちがちじゃないですか」

まるで鉄板のように固く、そして冷たい。こんなに肩が凝っていたら頭痛もするはずだ。

「いいわよ、モデルにそんなことさせるわけにはいかないもの」

「休憩時間だけですよ。わたし上手ですよ」

そう言ったのに、杉浦さんは簡単にわたしの手をすり抜けた。

「これからまだ撮影があるでしょ。ゆっくり休んでいて」

彼女はそう言って、車の方に戻っていった。

なんだか、足取りもいつもよりもおぼつかない気がする。体調が悪いのかもしれない。休憩はすぐに終わり、また撮影がはじまる。

今度は別の服に着替えて、琴美さんと一緒に並んで撮影する。残念ながら、エアデールテリアくんとはお別れだ。

自然な表情をということで、琴美さんとは他愛のないお喋りをした。

昨日見たテレビのことなどを話していると、視界の端に杉浦さんが立っているのが見えた。

やはり気分が悪そうだ。なんとなく気になって、喋りながらも、そちらの方に意識がいく。

ふいに、杉浦さんの身体が、ぐらりと傾いだ気がした。

「杉浦さん！」

思わず声を出した。彼女はくたくたとその場にしゃがみ込んでしまった。

駆け寄ろうと思ったけど、撮影中であることを思い出して、その場にとどまる。

幸い、スタッフが彼女に話しかけて、様子を窺っている。

カメラマンがライティングを調整している間、スタッフがこちらにきた。

「杉浦さん、貧血みたいなんですが、タクシーで帰ってもらって大丈夫ですか？」

「もちろんです」

わたしは頷いた。免許は持っているから、帰りはわたしが運転すればいい。スタッフはほっとした顔で戻っていった。

心配ですね。そう琴美さんに話しかけようとして振り向いた。だが、わたしはそのまま唇を閉じた。

琴美さんは、なぜかひどく冷ややかな顔をしていた。

事務所に戻って、今日のことを報告すると、早見さんは不安そうに眉《まゆ》をひそめた。

「またなの？」

そのことばに少し驚いて、わたしは尋ね返した。

「前にもあったんですか？」

「この間も、杉浦さん、貧血起こしたのよね。琴美さんの撮影だったんだけど」

なるほど、それで琴美さんはちょっと冷たかったのか。わたしは納得した。

「悪い病気だといけないから、病院に行くように言ったんだけど、『大丈夫です』って言うだけだし」

わたしは彼女の冷たく強ばった肩を思い出した。

杉浦さんは人一倍、他人に気を配る人だ。だから、マネージャーという仕事が向いているのだろうけど、疲れを感じないわけがない。

「ともかく、ありがとう。お疲れ様」

わたしは頷くと、帰る準備をはじめた。

ふいにドアが開いた。

「おはようございます」

囁《ささや》くようなかすれた声。自分の肩がびくんと震えてしまったのがわかった。

サーシャだ。振り返らなくてもわかる。

ゆっくりそちらを向くと、彼女が自分のマネージャーとなにか話しているのが見えた。

濡れたような髪が肩にかかっている。こんな時間に事務所にやってくるということは、これから撮影なのだろうか。

心臓が、直接鷲《わし》づかみにされたように痛んだ。

ケンゾーのことなんて、もうどうでもいい。それは本当だ。だのに、どうして胸が痛くなるのだろう。

サーシャがいきなりこちらを向いた。わたしはぺこりと会釈した。彼女の目が細められる。

サーシャはわたしの顔を見ながら、マネージャーに言った。

「ちょっとお手洗いに行ってきます」

なんとなく、呼ばれた気がした。気のせいかもしれないとは思いながら、わたしはサーシャの少し後に、トイレに向かった。

サーシャは、洗面台にもたれるようにして立っていた。

そういえば、彼女とこうやって会話するのは、はじめてかもしれない。同じ事務所だけど、一度も同じ仕事などなかった。わたしにとっては、手の届かない人だった。

彼女が口を開く前に、わたしは言った。

「わたしじゃないです。そんなメールなんて送ってない」

「うん、ケンゾーからそう聞いた」

その返事を聞いて、わたしはほっと胸を撫《な》で下ろした。

「信じてくれますか？」

「うん。あなたじゃないと思う」

サーシャは、長い前髪の隙間《すきま》からわたしを見た。

「それより、聞きたいことがあるの。あなた、ケンゾーとつきあっていた？」

直球だ。わたしは本当のことを答えていいのかどうか迷った。

わたしの返事を待たずに、彼女は言った。

「ケンゾーは、以前にあなたとつきあっていたことがあるって言ってた。もうとっくに別れたけど、あなたの方が未練たっぷりだったんだって。でも、嘘でしょ」

わたしは息を呑んだ。サーシャは続ける。

「ケンゾー、わたしのことを言わなかったんでしょう。黙ってつきあってたんじゃないの？」

サーシャが気づいているのなら、わたしが嘘をつくのは彼女に失礼だ。わたしは頷いた。

「今週になって、はじめて知った。サーシャさんとケンゾーがつきあってただなんて」

サーシャはくすっと笑った。雑誌で見る笑顔と同じ。

「バカだよね」

その表情でわかった。サーシャはケンゾーのことが好きなのだ。バカなところも全部含めて。

サーシャはまた笑った。今度は少し悲しい顔だった。

「ごめんね」

わたしは首を横に振った。

「もう、思い切ったから。別にいい」

「そう、よかった」

サーシャは、洗面台にもたれるのをやめた。

「じゃあ、行くね。これから撮影だから」

「うん」

わたしは笑って頷いた。何度もしつこく謝られなくてよかった。惨めな気分にならなくて済んだから。

サーシャはそのまま、トイレを出て行った。わたしは、洗面台の蛇口をひねって、強く水を出した。そのまま顔を洗って、水音に紛らわせて、ちょっと泣いた。

ほんのちょっとだけ。でも、きっとこれでもう最後だ。

数日後のことだった。夜中にふいに携帯が鳴った。

ちょうど眠る前、ベッドで焼酎のお湯割りを舐めているところだった。画面を見ると、キリコちゃんからだった。

「はい」

「あ、葵さん寝てた？　ごめんなさい」

申し訳なさそうな声が電話の向こうでする。わたしはあわてて言った。

「ううん、これから寝ようと思っていたところ」

「あの、明日の朝、こっちにこられない？」

「え、こっちって事務所？」

「うん、そう」

キリコちゃんは、ひどく困惑したような声でそう言った。

「いいけど。明日の朝って何時くらい？」

「何時でもいいけど、事務所に人がくる前に」

わたしははっとして、携帯を持ち直した。

「なにかあったの？」

だが、電話の向こうのキリコちゃんは、なんだか煮え切らないような声で答える。

「うーん……実際見てもらった方がいいと思うの。口ではうまく説明できない」

「わかった。今から行く」

「え、今からって。始発まだないよ」

「世の中にはタクシーってもんがあるの！」

説明されなくてもわかった。きっと、事務所にわたしに関係するなにかがあるのだ。そんなことを聞いて、おちおち寝ていられない。

わたしはパジャマを着替えると、外に出てタクシーを拾った。そのまま事務所のある雑居ビルに直行する。

キリコちゃんは、ビルの通用口のところで待っていた。

焦げ茶のウールのミニスカートと、ピンクの身体にぴったりしたニット。子供のころよく食べた、イチゴ味のチョコレートをふいに思い出す。

タクシーを降りると、キリコちゃんは駆け寄ってきた。

「ごめんね。こんな時間に呼び出して」

わたしは首を横に振った。

「わたしに関係あると思ったから、連絡くれたんでしょう。キリコちゃんが謝ることなんてないよ。それより、早くそれ見せて」

キリコちゃんは頷くと、わたしを事務所のいちばん近くのトイレに案内した。

灯りがついた瞬間、そこに広がった光景にわたしは息を呑んだ。

小さな人の形をしたものが落ちていた。一瞬、赤ちゃんが殺されているのかと思った。すぐに、そこにあるのが人形だと気づく。

わたしは駆け寄って、それを拾い上げた。生まれたばかりの赤ちゃんと、ちょうど同じ大きさの人形。だが、首はへし折られ、あらぬ方向に曲がっていた。

もし、こんなものをサーシャが見たら、きっとひどくショックを受けるだろう。彼女のお腹にはあのバカ男の赤ちゃんがいるのだから。

「それだけじゃないの」

そう言って、キリコちゃんが指さしたのは、洗面台の前の鏡だった。

そこには、薄紫の文字でなにかが書いてあった。よく近づかないと見落としてしまうかもしれないような透明感のある紫。わたしは近寄って文字を読んだ。

サーシャ、死ね。

文字を読みとると同時に、わたしはその紫がなんであるのか気づいてしまった。

そう、キリコちゃんもそれに気づいたのだ。だから、わたしを呼んだ。

わたしが気に入って、よくつけているネイルの色だった。実際はワインみたいな濃い色だけど、塗ると透明感があって、爪《つめ》の上では淡い紫になる。

またわたしだ。わたしがやったとしか思えないようなサーシャへの嫌がらせ。

急にまた不安になる。もしかして、わたしが夢遊病者のように、赤ちゃん人形を買って、それの首を折って、その後ネイルでこんなメッセージを残しているのではないだろうか。自分ではなにも覚えていないだけで。

だが、わたしはすぐにサーシャの顔を思い出す。

今のわたしはサーシャに対して、そんな気持ちは覚えない。もちろん、まだなにもかも思い切れたわけではない。けれども、胸に残る感情は、ただ少し悲しいだけで、死ねだなんて少しも思っていない。

だから、これはわたしが書いたものではない。

後ろから、キリコちゃんがおずおずと尋ねる。

「ねえ、どうしよう。これ、消そうか」

わたしは答えた。

「消さない」

「え？」

「消さない。わたしがやったという証拠もないし、実際わたしがやったんじゃないもの。それにきっと、サーシャが最初にこれを見るわけじゃない。だれか事務所の人が先に気づくと思うの。だから、どんな騒ぎになるか、ちゃんと見届けて、だれがやったか探し出す」

それにサーシャが見ても、彼女はこれをわたしの仕業だなんて思うはずがない。彼女はわたしのネイルの色なんか知るはずはないのだから。

キリコちゃんは力強く頷いた。

「わかった。じゃあ、赤ちゃん人形だけ、洗面台のところに置いておくね」

たしかにこのままじゃ、キリコちゃんが仕事をしていないみたいだ。

彼女は赤ちゃん人形の首を正すと、洗面台に座らせた。それからこちらを向いた。

「葵さん、この色のネイルって、事務所に置いたままにしてる？　だれかが勝手に持ち出すことってできる？」

「ううん、普段は部屋に置いている。ときどき、空き時間に塗ることもあるから、バッグに入れていることもあるけど。持ち出すのは無理じゃないかな」

そういえば、たしか昨日も鞄《かばん》に入れて、そのままだったような気がする。わたしはバッグを開けて中を探った。化粧ポーチの中からそのネイルの小瓶は出てきた。

「ほら、これ」

それを受け取ったキリコちゃんの眉がひそめられる。

彼女はワイン色の液体を光にかざした。


次の朝、わたしは少し早めに事務所に行った。

本当はあの後あまり眠れなかったから、もっと早く家を出たかった。しかし、だれよりも早く、事務所についているのはむしろまずい。適度な時間を見計らって家を出る。

それにしても、どうしてあんなことをするのだろう。

勝手に自分の心を推測されて決めつけられたような感じ。

おまえは、サーシャのことが憎いんだろう、死んでしまえと思っているんだろう。

だから、代わりにこうしておいてやったよ。そう言われているような気がした。

わたしは唇を噛《か》んだ。バカみたい。

勝手に決めつけないで。わたしは自由に、苦しんだり、悲しんだりする。わたし以外にだれも関係ない。あんたがだれであろうとも。

だれだかわからない人に、腹立たしさを募らせながら、わたしは満員電車に揺られていた。

やっと事務所に到着する。最初にトイレを確かめてみたが、そこにはすでになにもなかった。赤ちゃん人形も片づけられ、鏡の文字はリムーバーできれいに拭き取られていた。

それをたしかめて、わたしは事務所のドアを開けた。

「おはようございます」

全員が、こちらを向いた。ドア近くにいた人や、仲のいい人がおはよう、と返してくれる。

だが、空気がいつもと違った。よそよそしいような、どこか冷たい空気。

わたしはソファに座った。そこにはすでに琴美さんや、ほかのモデルがきていた。

今日は早めの集合時間の仕事が多かったようだ。なぜか、だれもわたしと目を合わせようとはしなかった。視線が、わたしだけを避けているようだった。それなのに、わたし以外の人たちは、みんな目配せをしあっているような、そんな落ち着かない感覚。

わたしは唇を噛んだ。そういうことになるとは思わなかった。

わたしが気づかなかったうちに、ケンゾーとわたしがつきあっていたという噂《うわさ》が広まっているのだろう。この間の、サーシャとの会話を漏《も》れ聞いた人がいたのだろうか。

それとも、あの悪戯をした人が話したのだろうか。

たぶん、後者だ。あのネイルでの落書きをわたしへの嫌がらせにするためには、わたしがケンゾーとつきあっていたことを、みんなが知っていなくてはならないのだ。

——どうしてよ。

泣きたい気持ちになって、わたしは下を向いた。

本当なら、隠し通していたことが知られても、責められるのはケンゾーだけで、わたしは同情されていいはずの立場だ。それなのに、理不尽にもこんな冷たい視線を浴びせかけられている。

やはり、キリコちゃんが言ったように、きちんと片づけておけばよかった。

冷たい視線が注がれ、意味ありげな囁きが交わされるだけで、だれもわたしに尋ねない。あなたがやったの？　と。

尋ねてよ。わたしは心でまわりに訴えかけた。尋ねてくれないと、わたし、やってないとも言えない。勝手に決めつけないで。

涙があふれそうになって、わたしはまたトイレへ立った。

ここ一週間で、泣きそうになってトイレに駆け込んだのは何度目だろう。なんにも悪いことはしていないつもりなのに。

もうさっさと実家に逃げ帰ってしまった方がいいのかもしれない。両親は、ほら見たことかと言うだろうけど、このままここにいても、楽しく仕事ができるとは思えなかった。

ふいに、トイレのドアが開いて、琴美さんが入ってきた。

わたしははっと姿勢を正した。それから気づく。

噂の出所を探れば、わたしに嫌がらせをしようとしているのがだれか、わかるかもしれない。だとすれば、琴美さんに聞くのがいちばんだ。

わたしは振り返った。だが、それより先に琴美さんが口を開く。

「葵ちゃんさあ。もっと、うまく立ち回りなよ。忠告してあげるけど」

「え……」

なにを言われているのかはすぐにわからなかった。あわてて言う。

「あの、わたしじゃないです。サーシャに嫌がらせなんかしてない」

琴美さんは頷いた。

「そうだろうね」

それを聞いてほっとした。わたしを信じてくれる人がいたのだ。だが、琴美さんは続けてこう言った。

「わたし、もうすぐ、モデル辞めるの。これ以上続けても仕方がないと思うし、子供だって欲しいしさ」

やっと芽生えたうれしい気持ちは、すぐにしぼんでいく。せっかく味方を見つけたと思ったのに。

わたしは泣き出したいのを堪《こら》えて言った。

「うまく立ち回るって、どうやるんですか？」

彼女はわたしから目をそらした。

「それは言えない。わたしだって、うまくやりたいもの」

わたしは夕方になるのを待って、キリコちゃんに電話した。わたしは携帯をぎゅっと握りしめた。話を聞くと、キリコちゃんは小さな声で、「やっぱり」と呟いた。わたしは携帯をぎゅっと握りしめた。

「どうしよう。わたしもう辞めるしかないのかなあ」

思いがけないほど、強い声が返ってきた。その後、自分でも驚いたのか、キリコちゃんは狼狽《ろうばい》したような声で言った。

「ううん。葵さんが、もし、もう仕事が嫌なのなら、それはわたしが言うことじゃないけど、仕事が好きなのだったら、絶対に辞めちゃ駄目。きっと、後で後悔するよ」

そのことばには実感が籠もっていて、それが少し不思議だった。

キリコちゃんには好きな仕事があって、それを辞めたことを後悔しているのだろうか。

「ね、これから会おう。どうしようか迷ったけど、見せたい物があるの」

今日はオーディションだけだったから、もう仕事は終わっている。わたしは一も二もなく頷いた。

事務所の近くにあるパスタの店で、わたしはキリコちゃんと待ち合わせた。

彼女は時間きっちりにやってきた。今日は白地に赤い水玉のふわりとしたスカートを、黒いアンゴラのニットに合わせている。靴はエナメルのローヒールで、これからデートにでも行くような格好だ。

髪はくるくるにカールさせて、サイドだけをアップにしている。

別の席に座っていた男ふたり組が、ちらちらとこちらをうかがっているのがわかる。きっと、声をかけようかどうしようか迷っているのだ。

悪いが今日のわたしたちは、男になんか関わってられない。

とりあえず、先に注文したパスタを片づけることにする。キリコちゃんは小柄な身体に似合わぬ健啖家《けんたんか》で、この店の大量盛りのパスタとサラダをぺろりと片づけた。

わたしはあまり食欲が湧《わ》かず、フォークでペペロンチーノのにんにくをつついているばかりだった。

愚痴だとわかっていて、言った。

「キリコちゃんは、辞めちゃ駄目と言ったけど、やっぱり、続けるのは気が重いよ」

キャラメル味のジェラートを、うれしそうに口に含んでいた彼女はスプーンを止めた。

「そりゃあ、葵さんの問題だから、わたしが口を出すべきことじゃないけど……」

わたしはフォークを皿に投げ出して、ためいきをついた。

「どうせさ。わたしレベルのモデルなんて、いくらでも代わりがいるの。わたしがいなくても、別の子で埋められる穴なんだもの。頑張ったって仕方ないよ」

こういう愚痴を喋っているときには、聞いている友達がどんな慰めを言うか、だいたい見当がつく。みんなこういうのだ。「そんなことはないよ」と。

キリコちゃんは、首を傾げた。

「そりゃあ、そうでしょ」

意外なことを言われて、わたしは顔を上げた。

「どんな仕事をしてたって、代わりの人はいるよ。だって、いなくちゃ困るじゃない。自分が本当に大変で休まなければならなくなったとき、だれも代わってくれないなんて困るよ。本当に困る。代わりがいないのは、友達とか家族とか恋人とか、それだけでいいじゃない」

わたしはあわてて反論した。

「でも、サーシャにはきっと代わりはいないよ」

「いるよ。絶対にいる。でないと、そのサーシャちゃんと仕事をしているすべての人が困るじゃない。その人の代わりになる人は絶対にいるの」

そういうことを言っているんじゃない。そう反論しようとしたけど、キリコちゃんはわたしを遮《さえぎ》って話し続けた。

「代わりがいるって言うのなら、わたしの仕事なんてその最たるものでしょ。別にわたしじゃなくていい。きちんときれいにできれば、だれがやっても同じ。わたしがやることに意味なんてないもの」

わたしは息を呑んだ。たしかにそうだ。わたしはキリコちゃんに、ひどく失礼なことを言ってしまったかもしれない。

キリコちゃんは、身を乗り出すと、こう続けた。

「でも、わたしは、自分が好きだからここにいるの。ほかに代わりがいるかもしれないけど、それでもここにいたいの。だから、いいの。代わりの人に取られないように、一所懸命やるの。葵さんだって、そうでしょ」

キリコちゃんは、今まで見た中で、いちばん真剣な顔をしていた。わたしはふいに思い出した。

彼女とはじめて会ったとき、彼女はモップが楽しいと言っていた。しばらく休んでいたから、よけいに楽しいのだと。

彼女はなにかの事情で、しばらく仕事ができなかったのかもしれない。

そう。自分がかけがえのない存在だと思うことはできなくても、そういうふうにならば考えられるかもしれない。わたしはここにいたいのだ、と。

「あ！」

急にキリコちゃんがなにかを思い出したように声を上げた。急いで小さなバッグを探る。

「忘れてた。葵さんに見せたかったもの。本当はいけないんだけど」

バッグの中から、彼女はくしゃくしゃになった紙を取り出した。わたしの前に置く。

銀行のＡＴＭの利用明細だった。破ってあるのをテープで貼り直してある。

「ゴミの中にあったの。葵さんのことがあったから、気をつけてみていて気がついた」

わたしはそれを手に取ってみた。振り込みの証明。

スギウラマミコさまから、サトウコトミさま宛《あて》。そのまま金額に目をやったわたしは驚いた。

「ひゃ、百万円ってこれ……」

キリコちゃんは、険しい顔でわたしを見つめた。

「杉浦さんが、琴美さんに強請《ゆす》られていたという可能性ってない？」


世の中には悲しいことがたくさんある。小さいけど、棘《とげ》のようにいつまでも胸に残るのは、自分が好きだった人が、自分のことを嫌っていたということだ。

世界にあふれるエネルギーは常に一定だと、理科の先生は言っていた。なら、その不均衡な好きは、どこへ行ってしまうのだろう。

そう考えて、すぐにわたしは気づく。たぶん、それは別の人の一方的な好きになってしまうんだ。

そうやって、世界は不均衡なまま、まわり続ける。

杉浦さん。わたし、あなたのことが好きだった。あなたがマネージャーでうれしかった。

でも、それは単なる一方的な好きだったんだね。

待ち合わせのファミリーレストランに、杉浦さんは険しい顔でやってきた。たぶん、彼女も気づいている。これからはじまる話の内容を。

「なあに、どうしたの？」

彼女はわざとらしいほど明るい顔で、こちらにやってきた。笑うと白い、真珠みたいな歯並びが見える。

杉浦さんは、キリコちゃんに気づいて、不思議そうな顔になった。わたしが説明する。

「友達なの。キリコちゃんって言って、うちのビルの清掃作業員をやっているの」

「へえ、こんなに若い子なんだ。はじめまして」

笑顔のまま言って、向かいに座る。

わたしは感情を込めない声で言った。

「この前、ビルの屋上に閉め出されたとき、彼女に助けてもらったの」

杉浦さんの表情が、一瞬強《こわ》ばり、そのあと、また笑顔になる。

「ええ？　そんなことがあったの。知らなかったー」

驚いているふりをしているけど、演技が下手だ。わたしの確信はよけいに強固になっていく。

「で、話って？　琴美さんだけじゃなくて、葵ちゃんまで辞めるって言うんじゃないでしょうね」

冗談めかすように言う。だからわたしも冗談で答える。

「辞めてほしかったりして？」

杉浦さんの顔が、今度は確実に強ばった。そう、それが図星。わたしを辞めさせること。それが彼女の目的。

「そんなわけないでしょ。なに言っているの」

笑いながら彼女はメニューを広げる。目はただ泳いでいるだけのように見えた。

「話って、歯医者のことです」

今度こそ、とどめ。彼女は恐怖に引きつった顔で、わたしを見た。

「おかしいんですよね。あの歯医者。高いし、いつまで経っても治療が終わらないし。もう八重歯も治っていると思うのに、まだ受け口がどうとか、いろいろ言うの。それで、変な噂も耳にして……」

「琴美さんに聞いたの」

わたしは首を横に振った。

「琴美さんからはなにも聞いていません」

そう、彼女はなにも話していない。示唆しただけ。

急に杉浦さんが、メニューを叩きつけた。

「仕方ないじゃない！　知らなかったんだから！　そんな藪《やぶ》医者だなんて、知らなかったのよ。わたしだって、被害者なのよ。頭痛がひどくておかしくなりそうなの。別の歯医者に行ったら、歯をいいかげんにいじったせいだって。歯の根ががたがたになっているって。全部抜いて、入れ歯にしなくちゃ治らないって。二年も通ったのに」

わたしは息を呑んだ。そこまでひどいとは思わなかった。

キリコちゃんとあらゆる可能性を探って、あの審美歯科が怪しいと気づいたとき、ある程度覚悟はしていた。だが、考えていたより、ずっとひどい。それは近い将来自分の身体に起こることかもしれないのだ。

自分の声が震えるのを感じた。

「いつ、それを知ったんですか？」

「二ヵ月前……」

「すぐに教えてくれればよかったのに……」

教えられなかったのだ。たぶん、事務所には杉浦さんの紹介で、あの審美歯科に通ったモデルがたくさんいた。もし、みんながそれを知れば、杉浦さんはただでは済まされない。

そして、唯一、杉浦さんの体調の悪さを、歯に結びつけて考えた人がひとり。琴美さんだ。彼女はもともと辞めるつもりだったから、幾ばくかの口止め料をもらった。

そして、問題はわたし。

ほかの人たちのことなら、知らなかったことだから、まだ弁明の余地がある。だが、わたしは今、その審美歯科に通っている。杉浦さんはすでにその歯科が藪だと知っている。歯をいじったことで体調が悪くなったということを、ほかの医師から指摘されているのだから。知っていて、わたしが通うことを止めなければ、責任問題になるはずだ。

ともかく、わたしさえ事務所を辞めてくれれば、問題は先送りにできる。杉浦さんは、こう考えたのだ。

杉浦さんの手は小刻みに震えていた。

「ごめんなさい。でも、これ以上あの歯医者に通い続けて、身体をぼろぼろにするくらいだったら、モデルを辞めた方がいいと思ったの。だから……」

だから、わたしに嫌がらせをした。サーシャにわたしのメールアドレスでメールを送り、わたしがつけているのと同じネイルで、ひどいことばを鏡にかきつけた。

そう、キリコちゃんが、杉浦さんが怪しいと言い出したのは、そのネイルがきっかけだったのだ。あの薄紫のネイルは、つけたときの色と瓶のままの色が、まったく違う。わたしがそのネイルを自分で塗っているのを見た人しか、あの瓶を探し出すことはできない。それほど身近にいる人しか。

わたしは目を閉じた。もうひとつ糾弾したいことはあった。でも、それに触れるのは怖かった。

「わかりました。もういいです」

杉浦さんの表情が、ほっとしたように緩んだ。

「ありがとう。ねえ、ほかの歯医者で診てもらって。そこでかかる治療費はわたしが出すから、ね」

どうして、それを最初から言ってくれなかったのだろう。治療費なんか出してくれなくてもいい。ただ、それを教えてほしかった。

「じゃあ、わたし、用事があるから行くね」

杉浦さんはひきつった笑顔のまま立ち上がった。キリコちゃんがわたしの顔を見る。行かせていいのか、と言っているようだった。わたしは頷いた。

彼女はばたばたと店を出て行った。

「いいの？」

キリコちゃんは声に出して尋ねた。

「うん、いいの」

本当のことを知ると、わたしは杉浦さんを許せなくなる。今なら、まだ許せる。あの夜。わたしがケンゾーのメールを待って、屋上に行って、閉め出された夜。あの日のわたしの様子から、杉浦さんは、わたしとケンゾーの間になにかがあったことを知ったのだろう。いつも、モデルの様子に気を配っている人だったから。そして、わたしが屋上に行ったことに気づいて、こう思ったのではないだろうか。

――自殺してくれないかな。

そのときに、杉浦さんは気づいたのだろう。わたしがいなくなれば、とりあえずの問題から逃げられることを。頭痛のせいで、神経も限界だったのかもしれない。

だから、鍵を閉めた。

屋上に閉め出せば、夜のうちにわたしが衝動的に飛び降りてしまう可能性も高くなる。なんたって、わたしは失恋したばかりなのだから、不自然なことはなにもない。

わたしは隣にいる女の子を見た。わたしの顔を心配そうにうかがっている、背の低い女の子。

あのとき、天使かもって思ったのは、あながちおかしな考えでもなかったのかもしれない。彼女がいなかったら、わたし、本当に死んでいたかもしれないのだから。そんなことをちょっと考えた。口に出すのは恥ずかしいから言わないけど。

わたしは笑った。

「ね、パフェでも食べない？」

ふたりで、そこのファミレスでいちばん大きなパフェを注文した。

ざくざくスプーンを使って掘り進みながら、わたしはキリコちゃんに、ずっと聞いてみたかったことを尋ねた。

「キリコちゃん、自分の仕事、好き？」

キリコちゃんは、コーンフレークをイチゴアイスに混ぜ込みながら笑った。

「もちろん」

思い出す。この仕事に就《つ》いたとき、虹の上を歩いているみたいだって思った。今では虹だとは思わない。でも、虹の上じゃなくてもいい。

だから、わたしもこう答えた。

「わたしも！」

CLEAN.4

きみに会いたいと思うこと

世の中には、二種類の人間がいる。

悪いことが起こったとき、「まさかそんなことが」と思う人間と、「ああ、やっぱり」と思う人間だ。

どちらが幸福なのかは一概には言えないと思う。だが、ぼくは間違いなく、「ああ、やっぱり」と思うタイプの人間で、そんな自分のことが、あまり好きではない。

悪いことが起こる前から、悪いことが起こる予感にさいなまれるよりは、なにも起こっていないときくらい、いいことだけ考えていたいではないか。

だが、あのときもぼくは、真っ先に考えてしまったのだ。

「ああ、やっぱり」と。

キリコが家を出て行った。

とはいえ、大げんかの結果、「実家に帰らせていただきます」という修羅場があったわけではない。現実は、もっと静かに進行する。

「旅行に行きたいの」

彼女がそう切り出したのは、納期前で残業が続いたある日だった。

その日も帰宅は深夜で、彼女はすでに、ぼくの父と祖母と一緒に食事を終えていた。それでも帰ってきたぼくのために、食事を温めてくれた。

味噌《みそ》汁は、だしと具を煮た状態でぼくの分を取り分けて、帰ってきてから味噌を溶いてくれるから、温め直した味噌汁の舌触りの悪さはない。その日のおかずは塩《しお》鮭《ざけ》で、それもぼくが帰ってから焼いてくれた。作り置きは、根菜と揚げの煮物だけだが、これはむしろ一度冷めているせいで、味が染みていておいしかった。

以前、電子レンジもあるから、ラップでもかけておいてくれれば、自分で温めると言ったぼくに、彼女は笑ってこう言った。

「おいしく食べてもらえないと、せっかく作った甲斐《かい》がないでしょ」

まあ、その後、次のボーナスで食器洗い機を買うことを約束させられたのだが、それくらいは大したことじゃない。

ともかく、彼女は驚くほど立派に主婦の仕事をこなしていた。ぼくは、それがかえって気がかりだったのだ。

彼女は頭がよく、頑張り屋だけど、いつか頑張りすぎて、糸が切れてしまうのではないかと。

ぼくも、休みの日に洗濯物を干したり、朝、ゴミを出したりはしていたけど、そんなものは「やらないよりまし」というレベルだ。

「適当に手を抜けばいい」と口で言っても、ぼくだってやはり、食事はおいしい方がいいし、ワイシャツにはアイロンがかかっている方がいい。弁当を作ってくれるとうれしい。そんな気持ちは隠すことができないし、キリコは人の心を読むのがうまい。だから、主婦の仕事は、確実に彼女の目の前に存在していた。

それにうちには祖母がいる。頭ははっきりしているが、足腰が弱っていて介護が必要な老人だ。新婚当初は、別にマンションを借りて住んでいたのだが、やはり、まだ働いている父と祖母のふたり暮らしというのは、かなり無理が出てきたし、キリコも通って祖母の面倒を見るのは面倒だと訴え、結局一緒に住むことになったのだ。ぼくたちが借りていたマンションはペット禁止で、キリコの愛猫の兄《にい》やんは、祖母と父に預かってもらっていたから、キリコはそれも気になっていたようだった。

たしかに、わざわざ通う面倒さはなくなったが、一緒に住むと家にいる時間、常に祖母のことを気遣わなければならない。祖母は気難しい人だから、キリコは気の休まる暇もなかったのかもしれない。

そんな、ただでさえ忙しい毎日なのにかかわらず、キリコはときどき、清掃作業員のバイトに出かけていった。だいたい一ヵ月、長くても三ヵ月程度の仕事で、深夜や早朝のものを探して出かけていく。深夜や早朝ならば、祖母が急に体調を崩しても、ぼくと父がいるから、困ることはない。

午前中にヘルパーさんを頼んで、その間だけ彼女はゆっくり眠る。そして午後から起きて、祖母の世話と家事をこなし、夜中に仕事に出かけていくのだ。

キリコは、なにより掃除が好きで、だから清掃作業員の仕事を辞めたくないのだということは知っていた。だから、なるべくそれに関しては、なにも言わないようにしていたが、ときどき喉《のど》まで、ことばが出そうになる。

「そんなに頑張らなくてもいいのに」

ぼくは、なによりもキリコが疲れ果ててしまうことが心配だった。だけど、ぼくが心配しているせいで、キリコはよけいに疲れを表に出そうとしなかったのかもしれない。

だから、そのことばを聞いたとき、ぼくは少しほっとしたのだった。

「旅行に行きたいの。おばあちゃんには迷惑かけることになるけど、ちょっと行ってきていい？」

「もちろんだよ」

旅行に行くことは、休息にもなるし、気分転換にもなる。祖母のことは少し心配だが、ヘルパーさんにきてもらえばなんとかなるだろう。

「わあ、よかった」

ぼくが駄目だと言うと思っていたのだろうか。キリコはほっとしたように微笑《ほほえ》んだ。

そして、次の瞬間、こう言ったのだ。

「じゃ、来週から留守にするけどお願いね。一ヵ月くらいで帰ってくる」

一瞬、聞き流して、「気をつけて行ってこいよ」なんて言いかけて、ぼくははっと我に返った。

一ヵ月？　今、一ヵ月って言わなかったか。

「ど、どこに行くんだ？」

勢い込んで尋ねたぼくに、キリコはいつもの笑顔で笑いかけた。

「ないしょ。帰ってきたら教えてあげる」

キリコの笑顔を見ると、ぼくはいつもなにも言えなくなってしまうのだ。

キリコとぼくが出会ったのは、ぼくが新入社員として、今の会社に入ったばかりのころだった。彼女はぼくの会社で働いている女の子だった。

それ自体はまったく珍しい話ではない。ふたりは出会って、普通に恋をして、そして結婚しました。なんていう昔のドラマのナレーションが頭に浮かぶ。いや、実際はそんなにスムーズな話ではなかったのだけど。

少し、普通と違うのは、彼女がＯＬではなく、清掃作業員だったということだ。そう、ぼくはミニスカートと安全靴《ぐつ》で、モップを持って走りまわる彼女に恋をしてしまったのだ。

ある意味、彼女は魔女みたいなものだった、なんて、ぼくはときどき思い出す。魔法みたいなテクニックで、どんなに汚れた場所もきれいにしながら、ときどきオフィスでおこった謎《なぞ》の事件まで掃除してみせた。

あのドラマでは、夫はどんなふうに感じていたのだろう。思い出そうとしてみるけど記憶はあいまいだ。

昔話でもなんでも、特別な女性を嫁にした夫は、なにも気づいていないことが多い。鶴の恩返しでも、葛《くず》の葉の子別れでも、妻が特別だと気づいた瞬間に、大切な人はどこかに去ってしまうのだ。

けれども、もし、夫が知ってからも、結婚生活が続けられていたら。ぼくは想像する。

きっと、夫はなんだか申し訳ない気持ちになるに違いない。

特別な女性をひとり占めすることになってしまうなんて。

月曜日、キリコはあっさりと家を出て行った。

キリコがいないとなると、自宅で介護はできないから、祖母はその期間だけ老人福祉施設に入ることになった。施設はすでに探してあって、手はずも整っていたところを見ると、キリコの反乱は、前から計画されていたようだった。

キリコが出発する日も、ぼくはいつも通り、朝に出勤した。そのせいで、本当はキリコを見送るべきなのに、見送られるということになってしまう。

いつもと同じように、キリコは弁当箱をぼくに手渡した。二段になったステンレスの弁当箱は、結婚してから毎日のように使われているものだった。明日から、しばらくこの弁当箱もお休みだ。

玄関先には、小振りなピギーケースが置いてあった。たぶん、キリコはこれをころころ引きずりながら、家を出て行くのだろう。

「じゃあね。気をつけていってらっしゃい」

「キリコこそ、気をつけて」

内心の不安を隠すように、ぼくは笑ってそう言った。

「パソコン持っていくからメールするね。兄やんの面倒もお願い」

彼女の顔はいつもより晴れやかで、それがぼくにとっては少し寂しかった。

今日、帰ってきても、この家にキリコはいないのだ。そう思うと、寂しさが胸をつきあげる。

「じゃ、いってらっしゃい」

そう言うと、キリコは声を上げて笑った。出かけるぼくがそう言うのがおかしいと言って。

でも、ぼくはキリコにそう言いたかったのだ。たとえ不自然であろうとも。

ぼくは、きみをこの家で待っているから。

祖母は考えていたよりすんなりと、それを受け入れた。

旅行に行くから、一ヵ月間施設に入れなんて言うと、激怒しそうな人だと思っていたが、キリコがうまく説得したのか、それとも「激怒しそうだ」というのは勝手なぼくたちの思いこみだったのか。

「仕方ないでしょう。桐子さんがそうしたいと言うんだから」

喜んでいるわけではないが、腹を立てているわけでもない、当たり前のような表情で、祖母はそう言った。

「どちらにせよ、桐子さんが、あんたと離婚したいとでも言い出したら、わたしは施設に死ぬまでいなければならなくなるんだからね」

たしかにぼくと父だけでは、在宅介護はきつい。祖母は、生活に介護が必要なだけで、病気ではないから、介護休暇を取るといっても、どのくらいの期間になるのかわからないだけに難しい。

それでもぼくは一応、笑顔でいい孫ぶってみた。

「今は介護休暇もあるから、大丈夫だよ」

祖母はふん、と鼻を鳴らした。

「あんたに仕事を休ませるくらいなら、自分から施設に行きますよ」

ぼくは頭の中で算段する。もし、キリコがこのまま帰ってこなくて、ぼくと父だけの生活がはじまるのだとしたら。

ぼくか父が仕事を辞めなければ在宅介護は無理だ。父は五十過ぎているから、辞めると再就職するのは難しいだろうし、今の会社では責任のある役職についている。そうなるとぼくが辞める方が、現実的な話ということになるだろう。しかし、ぼくに祖母の介護など、満足にできるのだろうか。

キリコがいることで、ぼくたち家族は、とても助かっている。心底、ありがたいと思っている。

でも、キリコにはそんな苦労につきあう義理は、まったくないのだ。

ぼくが考えていたことが伝わったのか、祖母はためいきをついた。

「血のつながりなんて、本当につまらないねえ。どんなに苦労して子供を育てたって、結局のところ、面倒を見てくれるのは他人だったりするんだから」

もしかすると、祖母もなんとなくぼくと同じことを考えているのかもしれないと思った。

キリコがもう帰ってこないのではないかと。

ぼくがそう考えてしまうのには、理由がある。

三ヵ月前、祖母が怪我《けが》をした。

トイレに行く途中に、廊下で転倒し、肋骨《ろっこつ》にひびが入ってしまったのだ。そのとき、祖母の身体を支えていたのはキリコだった。

祖母は、病院に運ばれた。幸い怪我は、それほどひどいものではなかった。場所が肋骨だけに、テーピングをして自宅療養していればいいとのことだったが、頭も軽く打っていたため、入院して精密検査をすることになった。

たしかに、それはキリコの不注意だった。だが、その不注意というのは、彼女が一日に何度も、祖母の身体を支えて、トイレに連れて行っていたからこそ起こったのだ。

実際に、それまで祖母は自分でトイレに行くことができなかった。それが、だれかの介助が必要とはいえ、トイレに行くことができるようになったのは、キリコのおかげだった。

彼女が毎日、祖母の身体をマッサージして、ストレッチをさせ、根気強くリハビリにつきあったせいで、祖母はおぼつかないなりに、ほんの少しだけ歩けるようになった。

自分の力でトイレに行けることと、そうでないことが、どれだけ違うことかは、少し想像しただけでわかる。自力でトイレに行くようになって、祖母は驚くほど明るくなった。

それまでは、ベッドでひとりでとっていた食事も、ゆっくり歩いて食卓に座って、みんなで食べられるようになった。

普通の人間なら、一分もかからず移動できる寝室とトイレ、あるいは食卓を、祖母は五分、ときには十分以上かかって移動する。それに、毎日キリコは根気強くつきあった。そして、キリコがそれをやるから、ぼくや父も、キリコと同じように、祖母を介助して食卓に着かせるようになったのだ。

つまり、その事故が起こったからといって、祖母も父もぼくも、キリコを責めようとはまったく思わなかった。キリコも同じように考えていたらしく、祖母には謝ったが、それ以上に、落ち込んだり、自分を責めたりはしていなかった。

だが、そうは考えない人たちがいたのだ。

祖母が入院したという知らせを聞いて、まず飛んできたのは、父の妹、つまり叔母であった。

彼女は、真っ青な顔でやってきて、祖母が頭を打ったと聞くと、卒倒せんばかりに驚いた。そして、キリコに食ってかかった。

「桐子さん、どうして気をつけてやってくれないの」

「どうもすみません」

キリコは少しムッとした顔で頭を下げた。

こういうとき、もっと申し訳なさそうにしていれば、風当たりはそれほど強くはないだろう。だが、キリコは頑固である。叔母にそんなこと言われる筋合いはない、という気持ちを隠そうとはしなかった。

去年亡くなったぼくの母、彼女が生きていたころから、この叔母はぼくら家族にとって、癇に障《さわ》る存在だった。二、三ヵ月に一度だけ祖母に会いに来るのだが、いつも、ぼくたちが祖母にとって、充分なことをしてやっていないと文句を言う。文句をつけることが、祖母の好きなお菓子を買ってくるのと同じように、親孝行であると考えているようにすら見えた。

もちろん、母やキリコがいくら一所懸命に介護しても、すべてが完璧《かんぺき》というわけにはいかない。シーツに皺《しわ》がよっていたり、たまたま部屋が散らかっていたり、そして単に祖母の機嫌があまりよくなかったりすることもある。

そのたびに、叔母は、「お母さんがかわいそう」と言って嘆くのだ。

だが、叔母は嘆くだけでなにもしない。車で一時間の距離に住んでいるのだから、そう遠いわけではないのに、母やキリコのために、一日だって代わってあげようとすらしなかった。

いくらぼくらに、祖母への愛情やいたわりをことばで訴えても、ぼくらにとっては腹立たしいだけだった。叔母の愛情は二、三ヵ月のうち数時間だけ示されるもので、普段はずっと祖母のことを忘れていられるのだ。一緒に住む人間の大変さなど、想像もできないのだろう。

だが、そのときは、ぼくや父も、キリコをはっきりとかばうことができた。

キリコのおかげで、祖母が歩けるようになったということも、きちんと説明した。あの、気難しい祖母ですら、叔母が「桐子さんのせいで、こんなことに」と言ったとき、こう言い返したのだ。

「なら、あんたが桐子さんみたいにつきっきりで面倒を見てくれるのかい」

叔母はあわてて、自分が夫や子供の世話で、どれだけ大変かという話をはじめ、早々に帰っていった。

まだ、このときはよかったのだ。

次にやってきたのは、ぼくの兄の啓介《けいすけ》とその家族だった。兄は数年前、名古屋《なごや》に転勤になっていた。義姉の倫子《みちこ》さんは、いつも穏やかな微笑を浮かべた人で、キリコにも会うたびに、ねぎらいのことばをかけてくれていた。

兄には、男の子がふたりいた。上は小学三年生の悠太《ゆうた》、下は一年生の翼《つばさ》。両方とも怪獣のように元気な子で、祖母のお気に入りだった。

ひさしぶりにひ孫に会えたせいで、祖母はとても機嫌がよかった。

兄と倫子さんが、祖母についていてくれたおかげで、ぼくとキリコはひさしぶりにふたりで、外で食事をすることもできた。

よく考えると、結婚してから彼女と一緒にどこかに出かけたことも数えるほどしかない。「釣った魚に餌《えさ》はやらない」なんてつもりは、まったくないのに、気がつけばそんな状況になっていることに気づいて、ぼくは自己嫌悪に陥る。

男はみんな、程度の差はあれ、鈍感である。たぶん、女が想像する以上に。だから、つい、いつもそばにいる人への気遣いを忘れてしまうのだ。

兄は仕事があるから、祖母が大丈夫なことだけを確認して、すぐに家に帰ったが、倫子さんと子供たちは、三日ほどぼくたちの家に滞在し、祖母の面倒を見てくれた。

子供のおかげで、家は急ににぎやかになる。悠太と翼は、古い日本家屋が珍しいのか、どたばたと廊下を走り抜け、押入に潜り込んだり、屋根に上ろうとして、倫子さんをあわてさせたりしていた。黒猫の兄やんなどは、二階の押入に隠れたまま、三日間出てこなかったほどだ。

少し気になったのは、悠太と翼が、まったくキリコになつこうとしなかったことだ。キリコが話しかけても無視をして、ときにはあっかんべーをして逃げる。それなのに、キリコが台所に立っているところを見計らって近づき、足を蹴《け》って逃げたりもした。

悪ガキなのは昔からのことだし、まだ数回しか会っていないキリコのことが珍しいのだと、ぼくは考えた。

それにキリコは、彼らから見ても、まだ若いお姉さんに見えるだろう。それがなんとなく眩《まぶ》しくて、そんな悪戯《いたずら》をするのだと思ったのだ。ぼくが子供のころだって、若くてきれいな先生や、近所のお姉さんを、つい困らせたくなったものだ。

だから、真相を知ったのは、彼らが帰ってしまってからだった。

倫子さんと子供たちが帰って、家はぽっかり穴が空いたように静かになった。ぼくとキリコは、食卓にふたりで座って、コーヒーを飲んでいた。

少しの沈黙の後、キリコは目を伏せた。言おうか、どうしようか迷ったような顔をして、また口を閉じる。

「どうした？　なにかあったのか？」

キリコはふうっとためいきをついた。

「悠太くんと、翼くんに、おまえなんか嫌いだって言われた」

ぼくは苦笑した。

「子供の言うことだよ。だいたい、あの年頃の子供って、年上の女の人を困らせたいものだし」

彼女は首を横に振った。

「違うの。そんなんじゃない」

そして、まだ迷ったような目をしながらぼくに言った。

「悠太くんはこう言ったの。『おまえなんか、自分の好きなことばっかりして、ひいおばあちゃんの面倒をきちんと見てないくせに』って」

ぼくは息を呑《の》んだ。

九歳の子供が、そんなことを考えるはずはない。だとすれば、それは間違いなく、彼の身近な大人が言っていたことなのだ。父親か、もしくは母親。

そういえば、何度か、日曜日の朝に、倫子さんから電話がかかってきたことがあった。ぼくはなにも考えずに、「桐子さんは？」という質問に、「ゆうべ仕事だったから、まだ寝ている」などと答えてしまっていたのだ。

ほかにも、母が祖母の面倒を見ていたときには、ヘルパーなど頼まなかったのに、今は頼んでいる。兄や倫子さんが、キリコのことを誤解する材料はたしかにあった。それでも、わざわざ彼らに、そんなことを説明する必要はないと思っていたのだ。倫子さんも兄も、キリコのことをいつもねぎらってくれているから。

彼らは叔母のように自分勝手な人ではないから、そう考えていても、表には出さなかったのだろう。

ぼくは唇を噛《か》んだ。

はっきりと糾弾されたことならば、反論できる。だが、表に出さずに陰でこそこそ言われたことに、どうやって反論すればいいのだろう。子供たちにこんなことを言われたと話すのも、お互いに気まずくなるだけだ。

「今度会ったとき、きちんと話しておくよ。キリコは、本当にきちんとやってくれているって」

そう言ったのに、キリコの表情は晴れなかった。

「でもさ、思うの。わたしが仕事を続けていて、その代わりにヘルパーさんにきてもらっている限りはそう考える人は絶対にいるんだろうなって」

「まさか、考えすぎだよ」

ぼくは優しくそう言った。叔母のことを思い出すと、キリコの方が正しいような気もしてくるが、たとえ、キリコの言っていることが正しくても、ぼくがそれに同意してはいけないのだと思った。

キリコはぽつりと言った。

「わたし、家にいた方がいいのかな。大介《だいすけ》はどう思う？」

いきなり、そう尋ねられて、ぼくは戸惑った。すぐに返事ができなかったのは、もし、キリコが疲れているのなら、少しゆっくりした方がいいのではないかと思ったからだ。

だが、後になって思うと、キリコはぼくのその逡巡《しゅんじゅん》を誤解したのかもしれない。

「ぼくは、きみがしたいようにすればいいと思っている。もし、難しいことがあっても、それはみんなと相談して、解決していけばいいんだし」

キリコは小さく頷《うなず》いた。


ぼくが怖いのは、キリコが変わってしまうことだった。

ぼくの会社でモップを持って駆け回っていたキリコは、春の枝みたいに伸びやかだった。柔らかな芽と、瑞々《みずみず》しい葉を持つ枝。

手折られたり、枯れたりすることなど想像もできないほど、彼女は活き活きとしていた。

たとえば、もし、ぼくと一緒にいることで、彼女が変わってしまうとしたら。その不安はいつだって、ぼくを捕らえて放さない。

それはただ、好きで、でも手が届かない相手だと思っていたときには、感じたことのない不安だった。自由に飛べる羽根を持つ蝶《ちょう》を、虫かごの中に閉じこめてしまったような罪悪感。

ぼくは彼女と一緒にいたいと思っている。だが、それが彼女を撓《たわ》めて、苦しめてしまうのなら。

その決断の日がくることがぼくにはなによりも恐ろしかった。

もし、彼女が虫かごの中から出たいと望んだのなら、ぼくは素直に、虫かごの扉を開けてやることができるのか。それとも、暴れる彼女をなんとしてでも閉じこめて、逃がさないようにするのか。

もっとも、ぼくが閉じこめようとしたところで、彼女はするりとぼくの手の間なんか、すり抜けてしまうに違いない。

ふいに、思い出した。

彼女が結婚式のとき着た、白い膝《ひざ》丈のドレスには、オーガンジーでできた透ける羽根の飾りがついていた。

それがまるでなにかを暗示しているようで、ぼくは幸せの最中だったのに、ひどく切ない気持ちになったのだった。

こんばんは。大介。

なんだかこんなふうにメールするなんて、すごくひさしぶりだね。「今日、何時に帰る?」とか、「カレーと肉じゃがどっちがいい?」なんて携帯メールはしてたけど、そういうのじゃない、特に用件のないメール。

いや、用件がないわけじゃないんだけど。

急に、出てきちゃってごめんね。おばあちゃんは、きっと大介が怒るんじゃないかと心配していたけど、わたしは大介は怒らないと思った。それとも、内心は怒っているのかな。怒ってないよね。

話せるようになったら、全部話すから、怒らないで待っていてね。

こちらは、月がとてもきれいです。そっちはどうですか?

ごはんちゃんと食べてください。ラーメンとかじゃなくて、ちゃんと野菜も。

お父さんと、おばあちゃんによろしく。

ぼくはぼんやりと、パソコンの画面を眺めていた。

怒ってはいない。ただ、少し不安なだけだ。

それでも、きみから届いたメールは、あたたかく優しくて、ぼくの不安は少し、暗闇《くらやみ》の中に滲《にじ》むように消える。

待つことは、別に苦しくはない。きみが待てというのなら、ぼくは何ヵ月でも何年でも待とう。

きみがくれた時間を思えば、それは本当に簡単なことだから。


キリコが家を出て行って、一週間ほど経《た》ったころだった。

一日目や二日目は、心にぽっかり穴が空いたようで、どうしていいのかわからなかったぼくも、次第にキリコのいない生活に慣れていった。

朝はゴミを出し、帰ってきて洗濯機をまわして、部屋に干す。食事は、疲れているときは外食か持ち帰り弁当。少し元気があれば、帰り道にスーパーに寄って、豆腐やトマトや刺身など、ぱぱっと食べられるものを買って帰る。ひとり暮らしをしていたころと同じだ。

レタスを手に取りながら、キリコの言っていたことを思い出す。

——普通のレタスよりも、サラダ菜や水菜の方が栄養があるの。洗っただけで食べられるのは一緒だから、そっちにしなさい。

それはまだ、結婚する前、ぼくがひとり暮らしをしていたころの話。野菜を最近食べていないから、今日はレタスを買って帰ってサラダを作る。そう言ったぼくへの、キリコのアドバイスだった。そんなことばかり、ぼくは覚えている。

自宅に帰って、郵便受けからダイレクトメールや夕刊を取り出す。家に入ってスーツを脱いでから郵便物を見ていたぼくは、ふと、手を止めた。

珍しく、祖母に宛《あ》てた手紙があった。ひどく几帳面《きちょうめん》な筆跡で書かれた宛名。差出人の住所はなく、鈴木真理《すずきまり》とだけあった。聞き覚えのない名前だったが、祖母の古い友人かなにかだろうか。

明日、帰りに施設によって、着替えを届けるつもりだったから、そのときに祖母に渡そう。きっと、彼女は喜ぶだろう。

水菜を洗って、ドレッシングを振りかけて、豆腐をそのまま皿に盛る。あとは冷凍のシューマイをレンジで温めて終わりだ。侘《わ》びしい夕食だけど、疲れて帰ってくるとこんなことくらいしかやる気になれない。ごはんだけは、炊飯器をタイマー予約していたから炊きたてが食べられる。つくづく、文明の利器というのはありがたい。

食事をはじめたころ、父が帰ってきた。

「大介、もう帰っていたのか」

「ああ、さっきね」

父の顔が、食卓を見て曇る。やはり、こんな毎日にげんなりしているのだろう。母は、すべてをひとりで引き受ける人だったから、父が家事をすることなどはなかった。それでもキリコがきてからは、食べ終わった食器を流しに持っていったり、着替えたものを洗濯かごに入れる程度のことはするようになったけど、それ以上のことはやらない。いや、やらないというよりもできないのだ。

準備をしなくても食事が食べられて、食べた後は食器のことなど考えなくてもいい。脱いだ衣服や下着は、なにもしなくてもきれいに洗って畳んで箪笥《たんす》に入って、そして、風呂上がりには一式揃《そろ》って脱衣場に置いてある。そんな生活を何十年も続けると、生活のことを意識することができなくなってしまうらしい。

悪気がまったくないのはわかるけど、ふたりだけで暮らしていると、ぼくもいらいらしてくる。キリコだってそうだっただろうと、今になって考える。

それでも、父は黙って自分でごはんをよそい、食卓に着いた。

男ふたりの食卓というのは、どうも暗いし、味気ない。おまけに父は無口であるし、ぼくも疲れているので、わざわざ話をして盛り上げようとは思えない。

この間まで、キリコと祖母が一緒に食卓にいた。

祖母はよくしゃべる人だし、キリコはよく笑う。ぼくと父親がしゃべらなくたって、食卓はいつもにぎやかで、楽しい気持ちで食事ができた。

父がふいに言った。

「桐子さんは、いつ、帰ってくるんだ」

ぼくが顔を上げると、父は困ったような表情で目をそらした。

「いや、咎《とが》めているわけではないんだが……なんというか……」

「彼女がいないと、家が暗いよね」

「わたしも、桐子さんになにもかも押しつけてしまうことになって、悪いとは思っていたのだが……」

父は目をそらしたまま、そんなことを言った。

「大丈夫だよ」

ぼくは確信が持てないまま、そう呟《つぶや》く。自分でもなんの根拠があってそんなことを言っているのかわからない。

ただ、ぼくが信じたいのだ。大丈夫なのだと。

大介、こんばんは。元気にしていますか？

わたしはとても元気です。

今日、電車に乗っているとき、急にある駅で降りたくなって、飛び降りてしまいました。よく考えたら、昔はこういうことをよくやっていたけど、最近ではしなくなったなと思ったのです。

なんだか、すごく気分がよかった。自分が頭で思い描いていた予定を、星飛雄馬《ほしひゅうま》のお父さんがちゃぶ台ひっくり返したみたいに、ひっくり返すの。なんだ、これはーって。

まあ、ちゃぶ台返しは、ひっくり返される方にとってはたまらないんですが（わたしがやられたら、殴ってやる）これはひっくり返すのも返されるのも自分だからいいのだ。

そこには、大きなお稲荷《いなり》さんがありました。山全体がお稲荷さんになっていたのかな。結局四十分歩くと聞いて、山を歩くことは断念してしまったので、本当のところはわからないんだけど。

そしたら、お稲荷さんの境内に、石があったの。

その石の前で願い事をして、石を持ち上げて、自分が考えていたよりも軽かったら、その願い事は叶《かな》う。重かったら、願い事は叶わないって書いてあった。

わたしはその前で、いろんなことを考えて、最後にひとつだけお願いを決めて、石を持ち上げようとしたの。

重かった！　ものすごく重かったよ。わたしが考えていたよりも、ずっと、ずーっと重かったの。

なんかさあ、結構へこむよね。こういうのって。

でも、考えたの。わたし、いろんなことを気楽に考えすぎていたのかなあって。本当はもっとそれは大変なことで、真剣に考えなきゃいけないことだったんだって。

でもさ、願い事をあきらめるなんてできないよね。もうちょっと胸があればとか、あと五センチ背が高ければなんて、もう叶わないと知っている願い事だって、本当はあきらめられないもん。無理なことはわかってるけどさ。

帰り道、おせんべいを売っている店があって、生姜《しょうが》入り味噌せんべいっていうのがあったから買ってみました。だって、食べたことないし、想像もできなかったのよ。生姜と味噌の入ったおせんべい。帰って、それを食べてみたら、生姜と味噌の味がちゃんとしました。おいしかったよ。

なんだかどうでもいいことばっかり、長々と書きました。

今、窓の外を見たら、今日も月がきれいでした。それでは、おやすみなさい。

Kiriko

彼女からのメールはたくさんの暗喩《あんゆ》が込められているようで、ぼくは懸命にそれを読みとろうと頭をひねった。

ちゃぶ台返しとは、彼女が出て行ってしまったことも含んでいるのか、とか、彼女が石の前で考えた願い事とはなんなのだろう、とか。

けれどもぼくの考えはぐるぐると同じところを回転するばかりだ。結局、考え疲れて最後には、キリコはただあったことだけを書いているだけで、裏に意味なんてなにもないのかもしれないと思う。

考えていたよりもずっと重かった石を前に、茫然《ぼうぜん》と立ちすくむ彼女を想像して、ぼくは勝手に悲しい気持ちになる。

なんとなく、彼女にはやらないことはあっても、できないことはないような気になっていた。そんなふうに考えることは、ぼくが彼女に頼り切っていることの証拠なのだろうけれど。

できれば、きみが持つその石を、ここから手を伸ばして支えたいと思う。

だけど、すぐに気づく。

ぼくと一緒にいること自体が、その石の重さなのかもしれない。


その数日後、ぼくは、仕事帰りに祖母がいる施設に寄った。

新しく清潔で、働いている介護士たちも感じのいいところだった。祖母の足がまた萎《な》えてしまわないかと心配だったが、リハビリに力を入れているらしく、毎日つたい歩きの練習をしているという。

だが、老人にとっては、環境が変わること自体がストレスだ。祖母はぼくが訪れると、こっそり声をひそめて、同室の人への文句や、介護士への文句を漏《も》らす。それでも、「家に帰りたい」とひとことも言わないのは、彼女のせめてものプライドなのかもしれない。

その日、ぼくが祖母の部屋を訪れると、彼女は珍しく眠っていた。

普段は、「夜眠れなくなるから」と、祖母は昼寝をしないようにしている。通りがかった介護士がぼくに言った。

「今日は、リハビリを頑張ったのでお疲れになったんでしょう」

枕元には、作りかけの編み物が編み棒に絡んだまま、置いてあった。

祖母の趣味は編み物で、昔はよく、ぼくにセーターだとか帽子だとかを編んでくれた。最近では、ちゃんとしたものを作ることはできなくなって、可愛《かわい》いのか可愛くないのかわからない編みぐるみや、キューピーに着せる服などを、時間をかけて編んでいた。祖母の部屋にはそんなものがどんどん増えていく。

なんとなく、それが祖母のやるせなさや、苛立《いらだ》ちの具体化のような気がして、ぼくはそれを見るたびになんだか暗い気分になるのだった。

編み棒が不安定な位置にあるのに気づいて、落ちないように場所を変えようとしたとき、ぼくはその下にある手紙に気づいた。

盗み読むつもりはまったくなかった。だのに、つい、手に取ってしまったのは、それが間違いなく、キリコの筆跡だったからだ。

それを手に取ると同時に、はらりと封筒も落ちた。先日、祖母に届けた「鈴木真理」という差出人からの封筒だった。

どういうことだろう。ぼくは封筒と便箋《びんせん》を見比べた。

両方とも同じ紙で、あきらかにセット売りされたものだということがわかる。ということは、キリコの手紙は、この封筒に入れて届けられたものだ。

つまり、キリコは偽名を使って、祖母に手紙を出した。

どうして？　その答えはきっとひとつだ。ぼくに、祖母に手紙を出したことを知られたくなかったから。

つまり、その中身には、ぼくに知られたくないことが書いてある。

手が震えた。読むべきか、それとも読まずに済ますべきか。

ふいに、祖母は低く呻《うめ》いた。

ぼくはあわてて、便箋と封筒をもとのところに戻した。

間一髪。祖母は目を開けた。

「おや、きてたのかい？」

「ああ、今きたところだよ。おばあちゃん、よく寝てたね」

「寝るつもりはなかったんだよ」

そう言いながら、祖母は少しだけいつもより機嫌がよかった。気持ちよく眠れたのかもしれない。

ぼくは着替えのパジャマと、頼まれていたエッセイの文庫本などを祖母に渡した。それから祖母のおしゃべりにしばらくつきあった。ちょうど夕食時間になったので、祖母が食べるのを手助けした。

夕食が終わると、祖母はテレビを見るから、もう帰っていいとぼくに言った。

「じゃあ、おばあちゃん。明日はたぶん無理だけど、週末には父さんと一緒にくるよ」

「別に無理はしなくていいよ」

祖母は少し視線をそらしてそう言った。

最後まで、祖母はキリコの手紙のことを言わなかった。

ぼくの中に、澱《よど》んだものが溜《た》まっていく。

大介。今日はびっくりするようなことがありました。

今日、これから行こうとしている土地の地図を買って、眺めていたの。そしたら国立公園って文字があったんだけど、それを見て、わたしはとってもびっくりしたのです。

というのも、わたしは、国立公園って、国立競技場とか国立体育館みたいに、国の作った大きな大きな公園だと思っていたの。

だから、瀬戸内海《せとないかい》国立公園っていうのとか、磐梯朝日《ばんだいあさひ》国立公園っていうのとかは全部、そういう名前の公園が存在するんだと思っていたのよ。もちろん、滑り台とか砂場とかそういう公園を想像していたわけじゃないけど（そこまで馬鹿《ばか》じゃないです）、それでも国立公園は自然がいっぱいで、人がきてお弁当食べたり、散歩したりするような公園で、人が住んだりはしてないと思っていたの。

でさ、国立公園ってその地域全体が国立公園なんだね。だから、国立公園に住んでいる人とかいるの。知らなかった！　目から鱗《うろこ》がぼろぼろ落ちました。

こんなこと知らなかったの、きっとわたしだけだよね。だけど、本当に知らなかったんだよ！

よく考えてみたら、なんとか国立公園前とかいうバスの停留所も見たことないし、なんとか国立公園の隣に住んでいる人というのも聞いたことない。

学校でも習ったんだろうと思うけど、きっとわたし、その日は風邪引いて休んでいたんだよ。もしくはうたた寝していたか。

でも、よかったと思います。旅に出て、地図をゆっくり見ることがなかったら、きっとわたし、あと五年くらいは、国立公園を勘違いしたまま暮らしていたと思うから。

五年で済んだらまだいいけど、下手したらずーっと知らないまま、人の話やテレビなんかで「国立公園」ということばが出るたび、大きな大きな公園を想像して一生を終えたかもしれないです。

大介、笑ってる？　絶対大介だって、こういうのあると思うよ。いつか、絶対に見つけてやるもんね。

今日はあんまりびっくりしたので、絶対に大介にこれメールしようと、一日考えていました。なんかすっきり。

天気予報では、明日は東京も午後から雨みたいです。傘を忘れないように。

Kiriko

ぼくはメールを読みながら、くすくすと笑っていた。だが、読み終えて、祖母にきていた手紙のことを思い出した。

あれが、キリコの文字だというのは、ぼくの勘違いだったのかもしれない。祖母の知り合いの鈴木真理さんの字が、単にキリコの字と似ていただけなのだ。

そうでも思わないと、ぼくは不安で仕方がなくなる。

こんな明るいメールなのに、その向こうにきみの顔が見えないのだ。

翌日は夕方から雨が降った。

せっかくキリコがメールで忠告してくれたのに、ぼくは朝、傘のことなどすっかり忘れて、濡《ぬ》れて帰ってきた。

こういうときだけ、キリコがいなくてよかった、と思う。こんな情けない姿を見られなくて済んだから。

びしょびしょの身体で門をくぐり、郵便受けをのぞいたぼくは、息を呑んだ。

また、この前と同じ白い封筒が入っていた。宛名は梶本秋《かじもとあき》、つまり祖母で、差出人は鈴木真理。差出人の住所はなくて、名前だけなのも同じだった。

ぼくは濡れそぼったまま、消印を確かめた。京都《きょうと》だった。

家に上がって、髪を拭《ふ》き、スーツをハンガーに掛けて干して、靴下を洗濯機に放り込む。その間、ぼくはずっとあの手紙のことを考えていた。

兄やんが、押入から伸びをしながら出てくる。ぼくを見て、「なあん」と甘えた声を出した。

兄やんは、押入の中で眠るのが好きだ。彼が押入から出てくるのを見るたび、なんだか暗闇がとろりと溶けて形を変えたみたいだな、と思う。

ぐりぐりと足に頭を擦《こす》りつける兄やんの背中を撫《な》でて、ぼくはパジャマに着替えた。柔軟剤を入れ忘れたせいで、肌触りはごわごわだった。

父は今日は遅くなるから夕食はいらないと言っていた。ぼくはカップ焼きそばで済ますことにして、湯を沸かす。その間もずっと、あの手紙のことを考える。

しゅんしゅんと音を立てるやかん。この蒸気を使えば、あの手紙をのぞき見て、わからないように封をすることはできるだろう。ただ、それは、越えてはならない一線のような気がした。

カップ焼きそばにお湯を入れてから、兄やんのために猫缶を開けた。そんなことをしながら、ぼくの視線は何度も食卓に置いてある手紙に向いた。

できれば、彼女を信じて、手紙なんか見ないような男でいたい。だけど、見るのを我慢すれば、よけい不安になってしまう。もしかしたら、彼女を傷つけるようなことを言ってしまうかもしれない。

悩みながら、カップ焼きそばを食べ終え、ぼくはひとつの決心をした。

キリコがどこへ行っているのかはわからない。けれど、先日のメールにあった、稲荷神社と、願いが叶うかどうかがわかる石のことを調べてみよう。

そして、それが京都になかったら手紙は見ない。もし、京都だったら手紙を開けてみる。

ぼくは、本棚から古い京都のガイドブックを引っ張り出した。稲荷神社という文字を探しながら、ぱらぱらとめくる。

視線があるページで止まった。

「重軽石、持ち上げて思っていたよりも軽かったら願いが叶うとされる石」

あわてて、ひとつ前のページをめくる。そこには伏見《ふしみ》稲荷大社という文字があった。

——決まりだな。

ぼくは先ほどの手紙を手に取った。やかんに湯を沸かして、封の合わせ目に湯気を当てた。

糊《のり》が溶けて、合わせ目が緩んでいく。罪の意識は心の片隅に押し込める。

ぼくは、封筒から便箋を取り出すと、食卓の椅子《いす》に座った。

悪い予感はあたった。便箋に書かれていたのは、間違いなくキリコの文字だった。

おばあちゃん、元気ですか。施設のみんなは親切にしてくれていますか？　不自由なことはないですか?

……でも、こうやって書いても、おばあちゃんはわたしに手紙を出せないから、返事のしようがないよね。やっぱり、携帯電話を持ってきておけばよかったと、今になって思います。あのときは、携帯電話は置いてきた方がすっきりしていいと思ったんだけど。

家を出て、もう二週間近く経ってしまいました。家にいたときは、なんだかいつでもやることが目の前にあって、いろんなことをじっくり考える暇はなかったんだけど、こうやって旅に出てみると、時間が本当にたくさんある。もううんざりするほどある。

電車に乗っているときとか、駅で本数の少ない快速を待っているときとか、ひとりでごはんを食べているときとか、夜、ホテルに帰ってからとか。

そのせいで、なんだかいろんなことをぐるぐる考えてばかりいます。

ごめんなさい。ちょっとだけ愚痴っていいですか? 実は今、ちょっと苦しいです。わたし、いろんなことをすごく簡単に考えすぎていたんだと思う。その人を好きで、その人のために頑張れば、どんなことだってできるような気になっていたんだと思う。

実際は、そんな簡単に物事が動くはずはないし、おばあちゃんは、とっくの昔に、それに気がついていたんだよね。

こんなこと書くと、おばあちゃんが悲しくなるよね。でも、おばあちゃんのせいじゃないよ。わたし、いつでも自分で決めてきたもの。自分がやりたくないことはやってないよ。

でも、家を出るときは軽かったような荷物が、しばらく歩いたら急に重すぎたような、そんな感じなのです。

ごめんね。でも、大介には言えないことだし、おばあちゃんに聞いてもらいたかったの。

大丈夫。まだ二週間、時間はあるからいろいろ考えてみる。

でも、もしかしたら、最後におばあちゃんを失望させてしまうかもしれないけど、そのときは許してください。

おばあちゃんは、わたしが頑張ったことはわかってくれると思うから。

それでは、身体に気をつけてね。また一度、施設に電話します。そして、なるべく早く帰るようにします。

Kiriko

それは間違いなくキリコの文字で、キリコのことばで、そして、ぼくには一度も話してくれたことのないキリコの心の声だった。

彼女がぼくに内緒で書いた手紙ということで、ある程度覚悟はしていたが、やはりその内容は、ぼくにとって衝撃的なものだった。

だが、その一方で考えたのだ。「ああ、やっぱり」と。

翌日は土曜日だった。

昨夜、酒を飲んで寝たせいか、昼前まで寝てしまった。起きた後も頭がひどく重かった。幸い、祖母のところには父が行くと言ったので、ぼくは、今日は休ませてもらうことにした。祖母には明日会いに行けばいい。

ひさしぶりの、ぽっかり空いた休日だった。しばらく、だらだらとテレビを眺めたり、兄やんにマッサージをしたりとのんびりしていたが、やがて、家の乱雑さが目についてくる。

掃除はキリコの専売特許みたいなものだから、キリコがいる間は掃除のことなんか気にしたこともなかった。

部屋の隅には綿埃《わたぼこり》がうっすらと溜まっていたし、兄やんの毛もほわほわとそこらに漂っている。ぼくはのろのろと起きあがり、掃除機を引っ張り出した。掃除機をかけるなんて、本当にひさしぶりだ。キリコが選んだ最新式のサイクロン掃除機は、すごい勢いで綿埃を吸い取っていった。

ふいに、結婚する前、ふたりで電化製品を見に行ったときのことを思い出す。キリコは、この掃除機を指さして、「絶対にこれ」と言ったのだ。それは、普通の掃除機の数倍の値段のもので、ぼくはつい言ってしまったのだ。そんなにいい物はいらないんじゃないか、と。

「ううん、これがいい。炊飯器もオーブントースターも電子レンジも電気ポットもいらないから、これが欲しいの！」

そのこだわりぶりがキリコらしいと、ぼくは思ったのだ。

さすがにキリコが選んだだけあって、その掃除機は有能だった。隅の方の埃もきれいに吸い取っていく。なんとなく楽しくなって、ぼくはすべての部屋に掃除機をかけてまわった。

すっきりしたあと、溜まったゴミを捨てるため、掃除機を開けた。ゴミは弁当箱ほどの大きな塊になっていて、なぜかその大きさが気持ちよかった。それをゴミ箱に放り込んだとき、ぼくはあることに気づいた。

畳んだ紙のようなものがゴミの中に入っている。そんなものを吸い込んだ覚えはないし、掃除機で吸い込んだにしては大きいような気もする。

まじまじ見ていると、その紙に文字が書いてあるのが見えた。はっとして取り出す。

大介へ。見覚えのある文字で、そう書かれていたのだ。


大介へ。これを読んでいるってことは、きっとお掃除をしたってことだよね。お疲れ様でした。そして、ありがとう。

掃除をするか、そうでないかは、可能性として半々かな、なんて考えながら、これを書いています。失礼かな？　だってこれを読んでいるってことは、ちゃんとお掃除したってことだもんね。

実は、ずっと言おうと思っていて、なんか照れくさくて、どうやって言っていいのかわかんなかったことを書こうと思っています。言わなきゃならないことなら、無理しても言うけど、言わなくてもいいかなーとも思うし。

大介はさ、いつも自分の方がわたしのことを好きみたいな顔をしている。それはすごくうれしいけど、なんとなく癪《しゃく》に障ることもあるの。だって、わたしがそれほど大介のことを好きじゃないと、考えているみたいだもの。

だから言います。

わたしは、ずっと前から大介のことが好きでした。

もちろん、一目惚《ぼ》れってわけじゃないけど、結構会ってすぐのころから。

今日は大介に会えるかな、会えて話ができるとうれしいなって、毎日思いながらお掃除していました。

どう、こう聞いてうれしい？

大介がうれしく思ってくれるといいなって思うけど、わたしにはちょっとわからない。最近、わたしが大介の中にどんな位置を占めているのか、よくわかんなくなるのです。

不思議だよね。結婚しているってことは、この先ずっと、ふたりで一緒にいるという約束のはずなのに、なんかそういう意味がどんどん薄れていく感じ。でも、結婚するってことがそういうことなのかなとも思います。

毎日舞い上がってばかりじゃきっと疲れてしまうものね。

まあ、この話はここまで。

掃除機もうれしいけど、水回りも掃除してほしいな。埃はどんなに溜めても、掃除機かければ全部きれいになるけど、水回りは溜まると大変だからさ。

お風呂と台所の排水溝をお願いします。おっと、お願いをするために告白したんじゃないよ。改めてそう言うと、ちょっと嘘《うそ》っぽいけど。

じゃあね。


ぼくはしばらく、その文字を眺めていた。

それが滲んできて、自分がいつの間にか泣いていることに気づいた。

きみがぼくにかけてくれることばは、いつだって優しくて、愛情に満ちている。優しすぎて、ぼくはいつもその前で戸惑ってしまうのだ。

ぼくは、その手紙の埃を払って、もう一度読み返した。

これが、キリコの本心なら、それはとてもうれしいことだ。キリコはたとえぼくを喜ばせるためにでも、嘘をつくような女の子ではないから、きっとこれは本心なのだろうと、ぼくは考える。

だが、この前の祖母への手紙。あれも間違いなくキリコの本心だと思う。

たぶん、ふたつの本心が、キリコの中には存在しているのだ。

よく考えると、ぼくだってそうなのだ。キリコと一緒にいられてうれしいのと、彼女に大変な思いをさせてつらいのとは、両方とも本当で、どちらかに決めることなんてできない。

ぼくが揺れ動いていたからこそ、キリコも揺れ動いて、そのせいで、ぼくにはキリコが見えなくなってしまう。そして、キリコにもぼくが。

ぼくはしばらく、その手紙を見つめていた。

ぼくはただ、ここで待っていればいいのだろうか。本当に、なにもできることはないのだろうか。

その後、ぼくは躍起になって、お風呂と台所の排水溝と、洗面台の排水溝の掃除をした。そこにもキリコのメッセージが隠れているような気がしたのだ。

もしかすると、これもキリコの作戦だったのかもしれない。

その夜、ぼくはキリコにメールを書こうとして、ずっとパソコンの前でしかめ面をしていた。

今日、掃除機の中の手紙を読んだことを書こうと思ったのだが、どう書けばいいのかわからない。なにを書いても嫌みになるような気がして、書いては消し、書いては消し、を繰り返していた。

結局疲れ果てて、ぼくは他愛のないことだけを書いて、メールを送信した。帰ってきて掃除機の中に手紙がないことに気づけば、ぼくが読んだことはわかるだろう。そんな投げやりなことまで考えてしまった。

メールソフトが受信メールがあることを告げた。開いてみると、キリコからのメールだった。


大介、こんばんは。

今日は、わたしはとってもラッキーでした。富士山が見えたんだよ。

富士山、はじめて見た！　それまでも富士山が見える場所に旅行したこともあったんだけど、いつも雨や曇りで、全然見られなかったの。日本人として今まで富士山を見られなかったなんて、はっきり言って、運が悪いよね。

本当は出発した日、新幹線に乗って西に向かったから、絶対富士山見られると思ってわくわくしてたの。天気もよかったしさ。

それなのに！　新幹線でわたしの席は通路側で、そして窓際の人がブラインドを下ろして寝てしまったのよ。わたしのショックの大きさがわかりますか。

富士山が見えるところまできたら、デッキに行って見ようと思ったけど、気がついたら浜松《はままつ》過ぎちゃってたし、もう全然駄目。

ここまできたら、もう一生富士山は見られないのかなあって、ちょっと覚悟していたんだけど、神様はわたしを見捨てなかった！（ちょっと大げさ？）

今日、晴れた空気のずっと向こうに、きれいな富士山が見えました。

本当にきれいだった。全然、ほかの山とは違うラインなの。なんていうか、クールビューティって感じ。

そういえば、大介、世界でいちばん有名な絵ってなにか知ってる？

モナリザじゃないんだよ。北斎《ほくさい》の赤富士なんだって。

モナリザは白人女性の絵だから、あんまり感銘を受けない民族の人もいるけど、赤富士の美しさは万国共通なんだって。なんか凄《すご》いよね。

明日は日曜日だね。ゆっくり休んでください。

それでは、お休みなさい。

Kiriko

ぼくは一晩中考えていた。

キリコ、もし、きみの気持ちが揺れているのだとしたら、ただ、黙って見ていたくはないのだ。

きみはたぶん、ぼくのいないところで考え、そして決断をしようとしているのだろうけど、ぼくは考えるきみのそばにいたい。

そして、きみが自分の大事なものを捨てずに済むように、きみと話をして、きみの決断に手を貸したいのだ。

もし、きみがぼくのことが嫌いになって出て行きたいというのならば、止めはしない。けれども、苦しくて、重くて、だから手を放してしまうのなら、全世界を敵にまわしても、きみが楽になる方法を考える。

きみがいつまでも伸びやかな枝でいられるように。

もちろん、ぼくはこんなだから、実際に全世界を敵にまわしたときには、あわてたり、二の足を踏んだり、情けない失態を見せてしまうだろうけど、気持ちだけはたぶん、絶対に変わらない。

せめて、それだけは伝えたい。メールではうまく書けないし、本当にぼくの考えが伝わったのかわからないから、きみを前にしてきちんとそう言いたいのだ。

結論に達すると、ぼくはがばりと布団から起きあがった。

押入を開けて、段ボール箱を引っ張り出す。中には昔の教科書が詰まっていた。捨てなければ捨てなければと思っていたが、まさか役に立つ日がくるとは。

ぼくは、小学生のとき使っていたぼろぼろの地図帳を引っ張り出した。

キリコのメールの中にあるわずかなヒントは、富士山の見える場所。そして、国立公園の近く。

いちばん可能性が高いのは、箱根《はこね》か伊豆《いず》だろう。実際に富士の裾野《すその》も国立公園だが、そこまで富士山の近くというのも違う気がする。彼女は富士山が見られてラッキーだったと言っていた。麓《ふもと》まできているのなら、そんなことは言わないはずだ。あと、日光《にっこう》とか秩父《ちちぶ》の方からも富士山が見えるかもしれない。絞られるのはそのあたりだ。

そこまで考えて、ぼくはためいきをついた。

こんな広い範囲を特定したところで、彼女を見つけられるはずはない。そこから先はどうすればいいのだろう。

また、「鈴木真理」名義の手紙を待つしかないのだろうか。消印を調べれば、もっと狭い場所を特定できるはずだ。そして、そこからホテルや旅館にあたる。まさか偽名までは使っていないだろう。

たぶん、キリコに聞いても教えてはくれないだろうし、できれば自力でキリコを探し出したいのだ。

きみが驚いて、なにも言えないでいるときにならば、ぼくは本心が言えそうな気がするから。


「行方不明人の捜索ねぇ」

同僚の松岡《まつおか》は、アイスコーヒーをストローで啜《すす》って、そう呟いた。

営業の仕事の合間、昼食をとりに入った喫茶店、たいしておいしいわけでもないランチを食べ終わった後だった。

松岡は、正直、あまりいけ好かない男だ。背が高く、がっしりした体格をしていて、男前で、一緒に取引先を訪問したときには、受付嬢の視線は彼にしか注がれない。ぼくなんか透明人間になってしまったような気がするのだ。

とはいえ、最近一緒に組んで仕事をすることが多くなったから、嫌いだとは言っていられない。仕事のできる男だから、一緒に仕事をする上でストレスは感じなかった。

それに、彼はキリコのことが好きだった。それを思うと、受付嬢に邪険な扱いを受けたくらいでは、落ち込まない。むしろ、向こうの方がぼくに対しては、腹立たしい思いをしているだろう。

だから、何気なくぼくは、こう尋ねたのだ。

行方不明になった人間を捜すのには、どんな方法があるのだろう。

松岡は、物憂《う》げに少し考え込んだ後、にやりと笑った。

「嫁さんに、逃げられたの？」

この勘のよさが、またいけ好かない部分である。

「逃げられてない。人聞きの悪いことを言わないでくれ」

「だって、梶本、最近弁当持ってこないよな。あの、二段重ねの愛妻弁当」

そんなところまで見ていたのか。ぼくはためいきをついた。

「逃げられていない。旅行に行っているだけだ」

「そう思っているのは旦那《だんな》だけだったりして」

やけにうれしそうにそんなことを言う松岡を、ぼくはにらみつけた。

「でも、行方不明人の捜索ねえ。相手が他人だったら難しいけど、嫁さんだったらまだなんとかなるんじゃねえの？」

「なんとかって？」

「銀行のキャッシュカードが、どこの支店で引き出されているかとか、嫁さんが通帳を置いていっているのなら記帳すればわかるし、今はクレジットカードの利用履歴もインターネットとかでわかるようになっているよな。もし、家族カードならば、旦那の暗証番号があれば嫁さんの分もわかるだろうし」

それは思いつかなかった。クレジットカードは別名義だから難しいが、キリコは、通帳を持っていっただろうか。それほど現金を持ち歩くタイプじゃないから、旅先で引き出している可能性は高い。

「ま、通帳もはんこも一切合切持って家出されていたら、難しいかもな」

「家出じゃない」

そう言ってから、ぼくは失言に気づいた。

「ほら、やっぱり嫁さんがどこにいるのかわからないんだろ」

松岡は、気分のよさそうな顔になって笑った。

家に帰って調べると、キリコの通帳はそのまま貴重品を入れてある引き出しに入っていた。

ぼくは翌日、出勤前に銀行に寄って、それを記帳した。

一昨日の夕方の引き出しがあって、そこには和歌山《わかやま》支店と書いてあった。

ぼくは、ぽかんと口を開けたまま、その文字を凝視した。

和歌山から富士山など見えるはずはない。どれほど、距離があると思うのだ。

キリコはなぜ、嘘のメールなどよこしたのだろう。自分のいる場所を、ぼくに隠そうとしたのだろうか。

ひとつの小さな嘘。それを見つけてしまったせいで、ぼくは、彼女のことばすべてが嘘のように思えて、ひどく不安になる。

まるで勝ち目のないオセロをやっているようだ。

どんなにたくさん盤上を白で埋めても、それはたった一手ですべて黒に変えられてしまうのだ。


「大介、どうしたんだい?」

ぼくの顔を見ると、祖母はなぜかそう尋ねた。

会社ではだれにもなんにも言われなかったけど、やはり身内にはわかってしまうのだろうか。

ぼくはすっかり参ってしまっていた。あらゆる悪いことを考え、その対策を考え、そして八方ふさがりになってしまったのだ。

ぼくはベッド脇《わき》のパイプ椅子に、すとんと腰を落とした。

「なあ、おばあちゃん。キリコはなんか言っていなかった？」

キリコと祖母はよく長い話をしていた。しかもあの手紙だ。祖母にはぼくに言っていないことまで言っている。

「なんかって、なんのことについてだい？」

「今、出て行ってしまっていることについて」

祖母はあからさまに顔をそらした。

「ただの旅行じゃないのかい」

どうやら、あの手紙については隠し通すつもりらしい。だからぼくは質問を変える。

「キリコは、落ち込んでいなかった？」

祖母はちらりとぼくの方を見て、そしてそっけない口調で言った。

「落ち込んでいましたよ。あんたは気づいていなかっただろうけどね」

やっぱりそうだ。ぼくは唇を噛んだ。

「ぼくだって気づいていたよ」

兄とその家族の心ないことばで、彼女が傷ついていたことは、ぼくだって知っていた。

「いいえ、あんたは気づいていませんでしたよ。でなきゃ、あんな無神経なことはできないはずだもの」

ぼくは驚いた。キリコの気持ちをあれほど考えようとしていたのに、無神経とまで言われるのは心外だ。

「じゃあ、聞くけど、あんた、桐子さんの生理が遅れたことを知っていたかい」

「え……」

「ほら、ごらん。知らなかっただろう」

「せ……生理が遅れたって……」

「落ち着きなさい。結局、その後すぐにきて、単に遅れていただけだったということがわかったんだけど、その前に桐子さんはわたしに相談したんだよ。『どうしよう、おばあちゃん』って」

どうしよう。おばあちゃん。キリコは泣き出しそうな顔で、そう言ったのだという。

「『おめでたいことじゃないか、嫌なのかい』って、聞いたら、桐子さんは違うと言った。もし、赤ちゃんができていたら、すごくうれしいと」

「うれしいけど、でも、もうこれ以上はわたし、無理だよ。今まで欲張って、あれも、これも、自分の欲しいものは、全部両手に抱えてきたけど、でも、これ以上は持てないよ。どうしよう、おばあちゃん」

泣きそうな顔でそう言われて、祖母はこう答えたのだそうだ。

「赤ちゃんができたのなら、わたしの世話はもういいよ」

古い命よりも、新しい命の方がもっともっと大事だから。そう言うとキリコは、首を横にふって答えた。

「赤ちゃんとおばあちゃんなら、たぶん大丈夫。大介やお父さんのワイシャツはクリーニングに出せばいいし、ごはんだって、今よりも手抜きしたっていいと思うし、お弁当もやめて、外でごはん食べてもらうし。でも……」

仕事を辞めたくはないのだ、と、キリコは言った。

「誤解しないでね、優先順位から言ったら、おばあちゃんの方が上だよ。だって、わたしの仕事はいつでもどこかで募集していて、辞めてもまたできるもの。一度辞めたら、また同じ職場に戻ることのできない女の人よりも、ずっと気軽に辞められる。でも、わたし、それでも欲張っているの。辞めたくないって思っている」

大事なものがたくさんありすぎて、手からあふれてしまって、どうしていいのかわからないのだ、と。

「だから、その後、すぐに生理がきて、桐子さんは本当にほっとしたんだと思う。それなのに、あんたがあんなことを言うから……」

そこで、はじめて思い出した。

キリコが出て行く二週間ほど前、以前の同僚の二宮《にのみや》さんの家に遊びに行ったのだ。彼女は四ヵ月前に出産して、産休を取っていた。だから、そのときの同僚たちと、出産祝いをかかえて、赤ちゃんを見せてもらいに行ったのだ。

二宮さんの赤ちゃんは、女の子で、白くて大福餅《もち》みたいにふにゃふにゃ柔らかくて、それはそれは可愛かった。ぼくはそのあまりの可愛さにぼうっとしてしまって、帰ってからキリコにその話ばかりしてしまったのだ。

「桐子さんは、落ち込んでいたんだよ。子供ができてなくて、ほっとした自分が許せなくてね」

「そんな……」

ぼくだって、今この状況で子供を作ることが、大変だということはわかっている。キリコは若いし、まだいくらでもチャンスはある。

そう考えて、ぼくはすぐに気づいた。あと十年経っても、この状況が変わらない可能性だってある。そうなると、まだチャンスはあるなんて言っていられない。キリコはどちらかを選ばなくてはならないのだ。

祖母はふうっとためいきをつくと、窓の外に目をやった。

「なんだかややこしい時代になってしまったねえ。昔は、女は子供を産むのがいちばん大事な仕事だったのにね」

「昔とは違うよ。おばあちゃん」

「そんなことはわかっているよ」

祖母はきっとぼくをにらんだ。そして言う。

「昔と今は違う。昔だったら、世の中の単位は小さな集落ひとつだったから、みんなお互いのことを知っていた。だから、女がちゃんと子供を世話したり、老人の面倒を見ていると、村の人々はその女を、立派な女だときちんと認めてくれた。『あそこの嫁はよくできた嫁だ』とか評判になってね。だが、今はそんなことはないだろう。世の中の単位は大きくなりすぎて、たったひとり、家で子供や老人の面倒を見ている女を偉いと誉めてくれるのは、ごくわずかな人間だけになってしまった。それでも、子供や老人の世話は、相変わらず、それだけで手一杯になってしまうほど大変な仕事のままだよ」

そして、多くの場合、その重荷を背負うのは女で、背負わなかったから責められるのも女なのだ。

背負っても、それは当たり前で、認めてくれる人間は少ない。仕事で成功するのとはまったく違う。そして、背負わなければ、やるべきことをやらなかったと責められ、心の痛みが残る。

「昔は、なにを選ぶかなんて考える必要はなかったのにねえ」

祖母は、またためいきをついて、ぼくをちらりと見た。

ぼくはなんだか責められているような気持ちになって、うなだれた。

キリコに選択をつきつけているつもりなんかなかった。だけど、やはりそれは、つきつけていたことと同じなのだろう。

そして、だったらぼくと一緒にいることを止《や》めてしまえばいいというのも、見当違いだ。それはキリコが選び取ったものなのだから。

帰り際、ぼくは祖母に尋ねた。

「おばあちゃん、キリコはちゃんと帰ってくると思う?」

祖母は、ぼくが変なことを聞いたかのように笑った。

「帰ってこない理由があるのかい」

帰り道、急に雨が降った。

そういえば、昨日天気予報では、夜から雨だと言っていた。どうして、朝にそれを思い出さないのだろう。

どしゃぶりだったから、ぼくは少し治まるのを待つため、駅前のコーヒーショップに入った。

そういえば、キリコはここのキャラメルシロップの入ったコーヒーが大好きで、会社で掃除をしていたときも、休憩室でそれをよく飲んでいた。

ぼくは彼女を喜ばせようと、仕事帰りにこの店で、紙コップに入ったコーヒーを買って、こぼさないようにゆっくり帰ったものだった。彼女は猫舌だから、帰ったときにちょうどいい熱さになる。

ぼくもキリコも、プリペイドカードまで作るほど、ここの店のファンだった。日本のあちこちに支店はあるから、キリコも今、ここのコーヒーを飲んでいるかもしれない。

そう考えたとき、ぼくはあることに気づいた。

以前、キリコは言っていた。

「ここのプリペイドカードは、利用履歴がインターネットでわかるの。それって、どういうことかわかる?」

「どういうことって?」

尋ね返したぼくに、キリコはふふんと鼻を鳴らして見せた。

「つまり、大介が出張に行くと嘘をついて、別の女の人と旅行に行っても、旅行先でコーヒーを飲んだら、それでばれちゃうってこと」

「別のところで飲めばいいだろ」

もちろん、そんなことをわざわざ言うということは、ぼくの浮気を疑っているはずもなく、単なる冗談のつもりだったのだろう。

だが、そのときぼくたちは、冗談の続きで、お互いのカードの番号を教え合ってメモまでしたのだ。

いつ、どこにいてもコーヒーさえ飲めばわかるように。

そのことをすっかり忘れていた。ぼくは、飲みかけのコーヒーを持って、椅子から立ち上がった。舌が焼けそうなほど熱いそれを飲み干すと、そのまま雨の中へ飛び出した。

もしかしたら、きみがいる場所がわかるかもしれない。そう思うといてもたってもいられなかったのだ。

インターネットで利用履歴を調べる。

昨日の夜も、そして、今朝も奈良《なら》の駅前支店でキリコはコーヒーを飲んでいた。それまでも、彼女はひとつの都市に数日間とどまっている。京都から、三重《みえ》、それから奈良。数日空いているのは、その間、支店のないところに滞在していたからだろう。

ぼくはそのまま、ネットで調べて、今夜東京駅から奈良駅に行く夜行バスがあることを知った。バス会社に電話をかけて、空席があることを調べた。

今から出れば、バスに間に合う。そうすれば、明日の朝、奈良駅につくことができる。

もしかしたら、キリコはそこにはもういないかもしれない。だけど、今なら捕まえられるかもしれないのだ。

ぼくは、鞄《かばん》に下着を詰め込んで、家を飛び出した。明日と明後日なら、重要な仕事もないから、休んでも人に迷惑にならない。

出発時間ぎりぎりに、ぼくはバスに飛び乗る。

ぼくは、すっかり忘れていたけど、キリコはこのプリペイドカードのことをちゃんと覚えていたのかもしれない。

必ず毎日のようにどこかで、コーヒーを飲んでいた。まるで、ヘンゼルとグレーテルが小石を森に置いていったように。

だから、ぼくはきみを追いかける。

きみがいなければ、ぼくは雨に降られてばかりだから。

奈良についたのは、早朝七時だった。さすがに、まだコーヒーショップは開いていない。ぼくは駅の待合室で携帯を開いて、キリコのパソコンにメールを打った。

「今、奈良駅の待合室にいる。きみは今、どこにいるの？」

そう送信して、ぼくは目を閉じた。彼女が朝、メールチェックをすればいい。

だが、よく考えると、ぼくは一晩でこんなところまできてしまった。たった一晩で、キリコももっともっと遠くへ行っているかもしれない。

下手すると、反対方向のバスに乗って、今朝、東京駅に降り立った可能性だってあるのだ。

少しずつ、通勤の人々が駅に入っていく。

ぼくだって、本当はスーツを着て、通勤電車に揺られている時間だ。少し疲労を感じて、ぼくは目を閉じた。

遠くから、やけに軽い足音が近づいてくる気がした。

ほかにも足音はたくさんあるのに、それだけがやけにはっきりと、確実にぼくの耳に届く。

ずっと身近で聞いていた、軽快で、リズミカルな足音。

はっと気づく前に、ぼくの肩が強く揺さぶられた。

目を開けると、キリコが目を見開いて立っていた。いつもはとても可愛くしているのに、今日は髪も下ろしてブローもしないまま、セーターにジーパンだけで、口紅さえ塗っていない。ただ、はぁはぁと息だけ切らしている。

それでも、きみはとても可愛かった。

「大介だあ……」

キリコはなぜだか、泣き出しそうな声でそう言った。またぼくを揺さぶる。

「なにかあったの？　会社は？」

「休んだ」

そういえば、会社に連絡をいれなくてはならない。キリコの顔色が青ざめる。

「ね、本当になにがあったの？　おばあちゃんは大丈夫？」

キリコがなにを心配しているのか気づいて、ぼくは笑った。

「なにかあったら、こんなところにこられるはずはないだろ。元気だよ」

「よかったあ」

胸を撫で下ろしたキリコは、そのあと、不思議そうな顔になった。

「でも、どうして？」

ぼくは胸を張って言った。

「きみに会いたくなったんだ」


そう、きみに言ったのははじめてのことだったような気がする。

結婚する前も、結婚してからも、きみはずっとぼくのそばにいたから。わざわざそんなことを言う必要なんてなかった。

だけど、なぜかそのことばはぼくの胸の中で、常に存在していたような気がした。

いつでも、どんなときでも、ずっときみに会いたいのだ。

ぼくたちは、駅前のコーヒーショップで、並んでコーヒーを飲んだ。

ぼくは気になっていたことを尋ねた。

「富士山って、どこから見たんだ？」

キリコは、コーヒーをふうふう冷ましながら言った。

「和歌山」

「そんなとこから、富士山が見えるはずないだろ」

キリコはふふんと笑った。

「見えるんだもんね。わたし、見たんだもの」

「そりゃ、絶対、別の山だよ。なんとか富士って、いうやつ」

「失礼ね」

キリコは、鞄の中からごそごそと地図を取り出した。

「ほら、ここ見て」

彼女が指さしたのは、那智勝浦《なちかつうら》の近く、妙法山《みょうほうざん》という山だった。

「ほら、ここに『富士見台』ってあるでしょ。ここから、遠くにほんの少しだけど富士山が見えるの。年に何回かだけらしいんだけど、わたし見えたもの。すごくラッキーだった」

「それ、絶対に気のせいだから」

キリコは今度こそ頬《ほお》をふくらました。

「写真撮ったもん。帰ったら絶対に見せてやる。もし、写ってたら、新しい靴買ってね」

「ああ、写ってたらな」

そんな会話がひどく心地いい。ぼくは口ではそう言いながらも、キリコのことばを信じていた。キリコが見たというのなら、きっと写真には富士山が写っているだろう。

賭《かけ》に負けるのも、それが彼女ならなんとなく楽しいのだ。

キリコは、ふうっと、ためいきをついて、肩の力を抜いた。

「本当のこと言わなくてごめんね。だって、おばあちゃんが恥ずかしいから大介には言うなって言うから……」

「ちょっと待った」

ぼくはあわてて、身を乗り出した。

「おばあちゃんが恥ずかしいってどういうことだ」

キリコの目が丸くなる。

「おばあちゃんから聞いてないの?」

「聞いてない。いったいどうしたんだ？」

キリコは、ちょっと迷って、それからバツが悪そうに口を開いた。

「探していたの。おばあちゃんの昔の恋人を」

ぼくは今度こそ、椅子から転げそうなほど驚いた。

「少し前、一緒にビデオで古い映画を観たでしょう。『舞踏会の手帖』っていうの」

それは、女性が、いちばん幸せだったころ、舞踏会で一緒に踊った相手を、ひとりひとり訪ねていくという話だった。

「その話をおばあちゃんにしたら、おばあちゃんが古い手帳を見せてくれたの」

そこには、彼女の昔の恋人の名前や住所、連絡先が書き留められていたという。別れてしばらくは、消息を聞くたびきちんと書き直していたけど、もう何十年も経っているから、みんな今はどこにいるのかわからない。そう祖母は言ったという。

「で、おばあちゃんは、言ったの。『ひとりだけでもいいから会いたいねえ』って」

だから、キリコは旅立つことにしたのだ。祖母の昔の恋人たちの消息を探すために。

京都でひとり探したが、その人はすでにこの世にいなかった。その後、三重に行ってもうひとり探したが、その人も。

それから、和歌山でひとり。その人は新宮《しんぐう》に移り住んだことがわかって、キリコはそこまで行った。だが、そこで聞いたのは、ひどくつらい知らせだった。

その人は、病院にいたのだという。癌《がん》で何度も手術をして、もう手の施しようのない状態だった。いくつものチューブをつけられて、ようやく生きている状態のその人を見て、キリコはひどくショックを受けた。だから、祖母に手紙を書いて愚痴をこぼしたという。

ぼくはやっと、あの祖母にきていた手紙の、本当の意味を知った。

たしか「舞踏会の手帖」でヒロインを演じた女優の名前は、マリー・ベル。彼女が使った偽名「鈴木真理」は、あのヒロインの名前をもじったものだった。

キリコはあのとき、はじめて人が年老いていくという意味を知ったのだ。

「次の日、なんとなくもっともっとつらいことがしたくなって、山に登ったの。そしたら、富士山が見えて、それですごくうれしくなった」

そして、彼女はそのまま奈良にやってきた。最後の人を探しに。

キリコは微笑して、胸を張った。

「で、今度こそ、見つけたのよ」

「見つけたのか！」

ぼくはまるで、自分も一緒に苦労したような気持ちになって、声を上げていた。

「そうよ。すごくダンディで素敵なおじいさまだったわ。ちゃんとおばあちゃんのことも覚えていて、会いに来てくださる約束もしたのよ」

彼女はうれしそうに目を輝かせて、そう話した。

それを聞きながら、ぼくは改めて考えた。やっぱり、きみは魔女で、きみを妻にしてしまったぼくは、分不相応なのかもしれない。

それでも、きみがぼくと一緒にいたいと思っていてくれるのなら、ぼくは申し訳ないなんて、もう考えない。


約束の日がやってきた。

朝から、キリコは大忙しだった。その数日前に、デパートに行って、祖母のために新しい服もきちんと買ってある。

やわらかな桜色の、ジョーゼットのブラウスと同じ素材でできたスカート。

そして、キリコは祖母をお風呂に入れて、髪を洗った。そのあと、ドライヤーで丹念に乾かして、カーラーを巻いてセットした。

祖母は恥ずかしがってはいたが、決して嫌がりはしなかった。

キリコは祖母の爪《つめ》に透明なマニキュアを塗った。

白粉《おしろい》と、薄い頬紅、ラベンダー色のアイシャドーをほんの少しつけると、祖母の顔は驚くほど明るくなった。

それから、服を着替えさせた後、上品なベージュピンクの口紅を丁寧に祖母の唇に塗る。そして、胸元には白い小さな花のコサージュ。

「みっともなくないかねえ」

そわそわとする祖母に、キリコは笑って見せた。

「とってもきれいよ。おばあちゃん」

父は、なんだか居心地が悪くなったのか、出かけてしまった。だから、ぼくとキリコはふたりで緊張して、その人の訪問を待つ。

ときどき、顔を見合わせて、笑ったりしながら。


数日後、キリコが撮った写真が、現像されてきた。

そこには、遠くの方に、本当に、小さな小さな富士山が写っていた。

解説

大矢博子
（書評家）

〈清掃人探偵〉または〈モップの精〉ことキリコが初めて登場したのは、今から二十年以上も前。「週刊小説」一九九七年七月二十五日号に掲載された短編「オペレーターールームの怪」だった。

その後、同誌に掲載された短編四作に書き下ろしを加えた『天使はモップを持って』が二〇〇三年にジョイ・ノベルスから刊行された。記念すべきキリコシリーズ第一作である。

会社内で起きるさまざまな事件を、清掃担当者にしか見えない視点で解き明かす日常の謎ミステリとして始まったこのシリーズは、謎解きの面白さだけでなく、〈働く人〉にとって共感度抜群の職場の描写と、へこたれそうになったときに励ましてくれるキリコの魅力で、一気に人気が沸騰した。たとえば、キリコのこのセリフだ。

「大丈夫、世の中はお掃除と一緒だよ。汚れたらきれいにすればいい。また、汚れちゃうかもしれないけど、また、きれいにすればいい」（オペレータールームの怪）

うわあ、と思った。ど真ん中を射抜《いぬ》かれた気がした。励まされた。心が弱ってるときにこのセリフを読もうもんなら、今でも泣きそうになる。

続刊の記述から計算すると、初登場時のキリコは十八歳。ブリーチした髪をポニーテールにして耳には三つも四つもピアスをつけ、日焼けした肌にミニスカート。およそ清掃作業員には見えないそのファッションに反し、仕事は完璧。極めて手際が良く、彼女の通った後には塵《ちり》ひとつ、埃《ほこり》ひとつ残っていない。しかも名探偵なのである。なんてかっこいい。人気が出るのも当然だ。

本書『モップの精は深夜に現れる』はそれに続くシリーズ第二弾である。「週刊小説」の後継雑誌である「Ｊ－ｎｏｖｅｌ」に二〇〇三年から二〇〇五年にわたって掲載された三編と書き下ろしの「オーバー・ザ・レインボウ」が収録され、これもジョイ・ノベルスの一冊として二〇〇五年に刊行された。

しかし当時、ジョイ・ノベルスの版元である実業之日本社は文庫のレーベルを持っていなかったため、この二冊は文春文庫入りすることになる。二〇一〇年に自社文庫を立ち上げたことで、第三作『モップの魔女は呪文を知ってる』と第四作『モップの精と二匹のアルマジロ』は実業之日本社文庫に収められた。

——何が言いたいかというと。

シリーズで背表紙が揃ってないわけですよ！

こだわらない人にとってはどうでもいいことだろうが、やはりここは、ずらっと並べたときに「シリーズ感」が欲しいじゃないか……とかねがね思っていたところ、この度、キリコ初登場から二十周年を記念して、高橋由季《たかはしゆき》さんによる新カバーで実業之日本社文庫からシリーズが再刊されることになったわけである。イェイ！

第一作『天使はモップを持って』が二〇一八年十二月に装いも新たに実業之日本社文庫入りしたのに続き、ここに第二作『モップの精は深夜に現れる』も無事、里帰り（？）を果たした。お帰り、キリコ。

あ、でも文春文庫版も一緒に並べておいた方がいいぞ。なぜなら二十年という時代の変化（と著者の考えの変化）に合わせて、『天使はモップを持って』では結末が書き換えられた作品がある。どの話のどこが変わったか、ぜひ読み比べていただきたい。

第一作『天使はモップを持って』は、とある会社に勤める梶本大介《かじもとだいすけ》という青年が語り手だった。彼が社内で出くわした色々な事件を、その会社のビルの清掃員であるキリコに相談するというパターンで、大介自身の成長物語でもあった。

翻《ひるがえ》って第二作の本書では、キリコは派遣の清掃員としてさまざまな場所で働いており、それに合わせて語り手も一話ごとに変わる方式がとられている。第一話「悪い芽」は大手電器メーカーの子会社で、語り手は娘との関係に悩む課長。第二話「鍵のない扉」は女性ばかりの編集プロダクションに勤める二十七歳の女性。第三話「オーバー・ザ・レインボウ」はモデルクラブ。ふたまたをかけられた上に振られたモデルが視点人物だ。そして第四話「きみに会いたいと思うこと」は……これは読んでのお楽しみ、と言っておこう。

実は当初、続編を書くつもりがなかった近藤史恵は、第一作の最終話で一旦物語を完結させせている。本書（特に第四話）はその第一作の結末を踏まえて書かれているので、できれば刊行順に読まれることをお勧めする。

清掃員だからこそ気づく——たとえばゴミの様子だとか——ヒントを手がかりに謎を解くミステリの面白さは変わらないが、舞台や語り手が変化したことで、より幅の広い〈職場の悩み〉が取り上げられるようになったのが特徴だ。特に注目していただきたいのは、キリコと出会うことで視点人物が変化する過程である。

〈清掃作業員というブルーカラー〉の〈若い〉〈派手な格好をした〉〈女性〉を当たり前のように見下す中年男性。パワハラやセクハラに心が擦り切れそうになっている女性。失恋と嫌がらせで退職を考えるまで追い詰められる女性。彼ら・彼女らは壁にぶつかり、悩み、迷い、そしてキリコとの出会いと事件を通して少しずつ変化していく。その爽快なことといったら！

視点人物だけではない。本書には、相手が女性なら自分が優位に立って当然と考える男性や、老人介護は嫁がすべて背負うのが当たり前と考える人や、仕事と介護や子育ての両立に悩む女性も登場する。リアルで身近な問題の数々。今、私たちが直面している問題の数々が、ここにある。十五年前の小説ではあるが、今、悩んでいるあなたに、時代を超えたエールがまっすぐ届くはずだ。

疲れたら。心が擦り切れてきたと思ったら。自分に余裕がないことに気づいたら。どうか、本書を開いてほしい。寝る前に、温かい飲み物やとっておきのチョコレートと一緒に、ゆったりとページをめくってほしい。きっと元気が出る。いろいろしんどいこともあるけど、明日も頑張るか、という気持ちになる。

「大丈夫、世の中はお掃除と一緒だよ。汚れたらきれいにすればいい。また、汚れちゃうかもしれないけど、また、きれいにすればいい」

これは人も同じだ。間違っていたと思ったら、改めればいい。また間違うかもしれないけど、そしたらまた、改めればいい。

いくら掃除しても、生活すればまた汚れる。だからって生活するのをやめるわけにはいかない。たくさん汚して、そしてまたきれいにすればいいのだ。たくさん間違っても、その都度やりなおせばいいのだ。たくさん失敗しても、次に成功すればいいのだ。

きれいにしてもまた汚れると思えば、うんざりすることもあるだろう。けれどキリコは、そんな掃除という自分の仕事を「好き」とはっきり言う。それが嬉しい。それが頼もしい。

間違ったら改めて、失敗したらやりなおして。そんな毎日を、そんな自分を「好き」でいられたら、きっと私たちもキリコのように生きられる。そう思わせてくれる強さと温かさが、このシリーズには詰まっているのだ。

だが――この解説を書くにあたり、どうしても気にかかったことがある。

一足早く実業之日本社文庫入りした新装版『天使はモップを持って』の巻末解説で、青木千恵《あおきちえ》さんが「ノベルス刊行は今から十五年前、一話目は二十年以上も前に書かれた作品なのに、いま読んでも古びていない」と書いている。それは前述したように本書もまったくその通りで、だからこそ、時を経てもこうして新装版文庫が出される意義があるのだけれど――。

でも。

十五年前に書かれた、若い女性を見下す男性。セクハラやパワハラ。嫁に押し付けられる介護や家事。擦り切れる女性たち。

それが今も「古びていない」という事実こそ、私たちは心に留めなくてはならない。

まったく変わっていない、とは思わない。多くの人々の声と努力で、今は十五年前よりずっと、これらのことを〈問題だ〉と考える人は確実に増えている。特に若い世代は、着実に変化している。けれどその一方で、こうして古びてくれずに残っている問題も多い。

本書の最初のノベルス版が出たとき小学生だった人が、今、社会人として本書を手にとってくれているかもしれない。そんな読者が「今と同じじゃないか」と感じるであろうことが、もしかしたら今年出た新刊だと思いかねない（それくらい古びていない）ことが、大人として申し訳ない気持ちになるのだ。

できることなら次の世代が本書を読む頃には、本書の内容が古びていてほしい。「平成ってこんな感じだったの？　信じられない！」と若い読者が呆れるような時代であってほしい。

簡単ではないだろう。それでも汚れたらきれいにして、また汚れたらまたきれいにして、そうして世の中は少しずつ変わっていくんだよと、キリコなら言ってくれるに違いない。

本作品は、二〇〇五年二月に実業之日本社ジョイ・ノベルスより刊行されました。その後二〇一一年五月に文春文庫より文庫化されました。実業之日本社文庫版の刊行にあたっては、文春文庫版を底本とし、一部加筆修正を行いました。

本作品はフィクションです。実在の人物や団体とは一切関係ありません。（編集部）

文日実
庫本業 こ35
社之

モップの精《せい》は深夜《しんや》に現《あらわ》れる

2019年2月15日　初版第1刷発行

著　者　近藤史恵《こんどうふみえ》

発行者　岩野裕一
発行所　株式会社実業之日本社
〒107-0062　東京都港区南青山5-4-30
CoSTUME NATIONAL Aoyama Complex 2F
電話［編集］03(6809)0473［販売］03(6809)0495
ホームページ　http://www.j-n.co.jp/
DTP　大日本印刷株式会社
印刷所　大日本印刷株式会社
製本所　大日本印刷株式会社

フォーマットデザイン　鈴木正道（Suzuki Design）

ISBN978-4-408-55464-8（第二文芸）